뇌사판정
위원회

뇌사판정 위원회

방유정
방지언

장편소설

들어가는 말

이것은 '사명감'에 대한 이야기다

〈방지언·방유정 / 지은이〉

　소설 〈뇌사판정위원회〉는 사명을 가져야 할 사람들이 자신에게 주어진 윤리적 책임을 저버리고 그 자리를 기꺼이 사익으로 대체할 때 벌어질 수 있는 최악의 시나리오를 그려낸 작품이다.

　각자의 논리와 명분으로 무장한 소설 속 인물들은 자신이 하는 결정이 정당하다고 믿으며, 그 믿음은 곧 면죄의 연대로 이어진다. 누구나 납득할 수 있을 만큼 이기적이고, 충분히 피해 갈 수 있을 만큼 경범한 그들의 선택은, 결국 한 생명의 존엄을 지워내기에 이른다.

　메디컬 스릴러라는 장르는 극적 장치일 뿐, 우리의 비판이 향하는 곳은 의료계만이 아니다. 이것은 사회 전방위 어디에서든 흔히 볼 수 있는 현실의 모형이자, 오래도록 무수히 반복되어 온 인간 군상의 축소판이다. 우리 모두는 사회의 한 구성원으로서, 뒤틀린 부조리에 직·간접적으로 얽혀 있으며, 그로 인한 파국의 책임에서 결코 자유로울 수 없다.

　이 소설이 불편하게 읽혔다면, 그들이 불러일으킨 비극이 지금 이곳과 그리 멀지 않다는 뜻일 것이다. '사명'이라는 단어가 무력하리만치 무색해진 지금, 소설 〈뇌사판정위원회〉는 우리 모두에게 냉소적 경종을 울린다. 사소하게 타협한 원칙들이 연쇄작용을 일으키는 순간, 이 사회가 얼마나 빠른 속도로, 얼마나 손쉽게 무너질 수 있는지를.

　끝으로 박연수 님, 김민정 님, 윤현기 님, 이창혁 님께서 귀한 추천사로 응원을 보내주셨다. '사명'과 '소신'을 말할 자격을 삶으로 증명해 가시는 분들이기에, 주저함 없이 부탁드릴 수 있었다. 진심을 다해 감사와 경의를 표한다.

추천의 말

스릴러인데 감동이 있다

〈박연수 / 공학박사, 제4대 소방방재청장〉

원고를 받고 단숨에 읽었다. 드라마를 보듯 빠른 속도로 펼쳐지는 글이 영상이 되어 나를 빨아들였다. 잘 가고 있던 속도가 의외의 반전에 크게 출렁였다. 어느 순간 감동의 물결이 나를 흔들었다. 가슴이 벅차고 눈시울이 뜨거워졌다. 전장보다 더 혹독한 세상의 전선, 인간사의 끔찍함이 의식을 곤두세우는 장면에서 눈물을 훔치고 말았다. 장르 소설로 이 같은 성찰과 감동을 끌어내는 두 작가의 재능이 경이롭다.

스릴러이면서 진한 감동이 있다. 메시지 있는 감동, 감동이 있는 메시지, 그리고 세상사를 전하는 섬세한 묘사는 스릴러의 긴박한 재미를 크게 넘어서게 한다. 작가는 너무나도 참담한 사실을 담담하게 이야기한다. "이 소설이 불편하게 읽혔다면, 그들이 불러일으킨 비극이 지금 이곳과 그리 멀지 않다는 뜻일 것이다. '사명'이라는 단어가 무력하리만치 무색해진 지금, 소설 〈뇌사판정위원회〉는 우리 모두에게 냉소적 경종을 울린다. 사소하게 타협한 원칙들이 연쇄작용을 일으키는 순간, 이 사회가 얼마나 빠른 속도로, 얼마나 손쉽게 무너질 수 있는지를."

소설 〈뇌사판정위원회〉는 왜 하필 지금 이 시대에, '사명'을 말하려 하는가. 어쩌면 우리 시대가 그 부재를 가장 여실히 드러내고 있기 때문일 테다. 뇌사 판정을 논하는 회의실은 병원·기업·관청·종교 어디라도 겹쳐 보이는 우리 사회의 축소판이다. 노골적인 악인은 없지만, 모두가 공범이다. 사명과 사익의 줄다리기에서 작은 눈감음이 반복되는 순간, 가장 숭고해야 할 존엄은 가장 맥없이 허물어지고 만다. "이번 한 번만"이 누적되면 '피로 붕괴*'는 필연적으로 찾아오기 마련이다. 이 맥락에서 나는 세월호의 비극을 떠올렸다. 세월호 참사는 불과 20년 전의 위도카페리 참

* 피로 붕괴: 반복적인 하중이나 미세 균열이 쌓여 결국 구조물이 한순간에 파괴되는 현상.

사의 재판이었다. 아무도 그 사고의 원인이 이 사회가 무너진 까닭임을 깨닫지 못했기에 그 비극은 다시 일어났고, 앞으로 다시 일어날 것이 염려되었다.

처음 추천사 요청을 받고 놀랐다. 아니 황당했다. 시 쓰기를 좋아하지만 문학에 문외한에게 소설 추천사라니. 더구나 소설 읽은 지 까마득히 오래인 내게. 그러나 수락했다. 이 소설의 메시지가 내가 살아오면서 가슴을 답답하게 했던 주범이었기 때문이다. 비교적 사명에 충실하고 싶었던 내 전력 때문에 요청한 것이 고맙고, 또 언제 누가 나에게 이런 기회를 주겠나 하는 욕심도 있었다. 과거 나는 20년 동안 송도국제도시와 인천국제공항을 기획하고 추진했다. 갯벌 위에 도시를 세우고 동북아의 관문을 열어내는 일은 화려한 위업이 아니라, 원칙과 소신으로 이룩한 사명의 성취물이었다. 소방방재청장을 맡아서는 뜻밖의 재난으로 가족을 잃은 국민들의 아픔이 내 가슴을 미어지게 해서 '재난으로 인한 사망자 절반 줄이기'라는 무모한 목표를 세웠는데 천신만고 끝에 달성했다. 살리는 것이 얼마나 어려운지, 이것을 알아주는 작가들에게 추천의 글로나마 도움이 되었으면 한다.

이 소설은 단순히 사건을 쫓는 스릴러가 아니다. 우리 모두에게 스스로의 사명과 양심을 되묻게 하는, 가슴 뛰는 인문학적 질문이자 밀도 높은 심리 드라마이다. 모쪼록 이 책이 독자분들께 작은 나침반이 되기를 바란다. 각자의 자리에서 '사명'이 무엇인지 다시 묻고, 오늘 한 걸음이라도 그쪽으로 움직이게 하는 힘이 되기를 바란다.

소설 〈뇌사판정위원회〉, 재미도 있고 의미도 있어서 강력 추천한다.

차례

프롤로그 의료과실 ──────────── 13

1장 명진의료원 신경외과 부과장 차상혁 ──────── 19

2장 명진의료원 부원장 겸 신경외과장 오기태 ──── 53

3장 뇌사판정위원회 ──────────────── 73

4장 명진의료원 산부인과장 한주희 ───────── 113

5장 한동제약 영업부 이사 박병도 ───────── 131

6장 법무법인 가람 대표변호사 장승수 ──────── 169

7장 신경외과 ICU 수간호사 이하얀 ──────── 185

8장 한남동성당 보좌신부 안드레아 ──────── 211

9장 운명 ──────────────────── 225

10장 뇌사 판정 ────────────── 245

11장 죽음 ───────────────── 255

12장 숙제 ───────────────── 259

프롤로그

의료과실

0

 3년 전 그날 밤, 명진의료원 응급실로 두 명의 환자가 동시에 실려 왔다. 교통사고 환자인 56세의 김미연과 빌라 옥상에서 추락한 54세의 이미연. 성은 다르지만 이름이 같았고, 나이도 비슷했다. 그래선지 자매라고 해도 믿을 만큼 얼굴이나 외모도 닮은 꼴이었다.
 두 환자 모두 뇌 손상이 심해서 응급수술을 해야만 했다. 운이 좋게도 신경외과 에이스인 차상혁 교수가 병원에 있었고, 곧바로 두 명의 수술이 연이어 이뤄졌다. 하지만 둘 다 신경학적 예후가 극히 불량했다. 한 환자는 뇌사 상태에 빠졌고, 다른 환자는 일단 수술 경과를 지켜보면서 2차 수술을 진행할지 결정해야 하는 단계였다.
 차상혁은 회생 불능의 EEG 검사* 기록지를 보고 김미연 환자에

*EEG 검사: Electroencephalography의 약자. 뇌 신경세포 활동에서 발생하는 전기 신호를 두피 전극으로 기록하는 검사로, 뇌 기능 이상 여부를 평가한다.

게 뇌사 진단을 내렸다. 일사천리로 뇌사판정위원회가 열렸고 만장일치로 뇌사가 확정되었다.

한 시간 뒤. 장기 이식을 위한 절차가 진행되던 그때, 수술실 전담 간호사 홍경미가 차상혁의 교수 연구실을 찾아왔다.

"큰일 났어요, 교수님." 홍 간호사가 사색이 된 얼굴로 말했다.

"뭔데 그래?" 상혁이 경계 어린 투로 물었다.

"환자가 바뀐 것 같아요." 홍 간호사가 숨죽인 목소리로 말했다.

"환자가 바뀌다니?"

"뇌사판정 대상자가… 바뀌었다구요."

차트를 넘겨받은 상혁의 낯빛이 하얗게 바뀌었다. "이럴 리가 없는데…." 상혁이 빠르게 EEG 기록지를 넘겨 보며 중얼거렸다. 홍 간호사가 말한 대로였다. 뇌사 진단을 받아야 할 환자는 김미연이 아닌 이미연이었던 것이다.

"어떡해요, 교수님? 지금이라도 막아야 하지 않을까요?" 홍 간호사가 잔뜩 겁먹은 얼굴로 물었다. 금방이라도 울음을 터뜨릴 것 같은 목소리였다.

"여기서 기다려."

상혁은 곧 장기 적출 수술이 벌어지게 될 수술실을 향해 달려갔다. 그가 수술실 복도에 도착했을 때, 복도 양옆으로 의료진이 늘어서 있었다. 마지막 길을 떠나는 김미연 환자에게 존경과 감사의 마음을 전하기 위해 자발적으로 나온 의료진이었다.

곧 환자 이송 침대가 복도 입구 쪽에 들어섰다.

상혁은 수술실로 침대를 밀고 가는 의료진을 막아서고 멈추라고 말하려고 했다. 하지만 웬일인지 가위에 눌린 듯 꼼짝달싹할 수 없었고, 그는 고개를 푹 숙였다. 하얀 가운 위에 〈명진의료원 신경외과 부과장 차상혁〉이란 이름 자수가 새겨져 있었다.

그는 그대로 뒤돌아섰다.

상혁의 교수연구실엔 홍 간호사가 여전히 안절부절못하며 그를 기다리고 있었다. 상혁은 그녀에게 의료사고를 덮고, 관련 기록물을 모두 파기하라고 지시했다.

"그건 범죄잖아요. 전 못해요, 교수님." 홍 간호사가 울먹이며 말했다.

"이성을 찾아. 감정적으로 접근할 사안이 아니야."

"교수님…!"

"홍 선생처럼 양심 바른 사람이 견딜 수 있을까? 갓 태어날 아이한테, '사람 죽인 엄마'의 자식이라 낙인찍히는 것을?"

차상혁의 일갈에 홍 간호사는 멍하니 있다가, 이내 자신의 한껏 부푼 배를 쓰다듬었다.

"어차피 김미연 환자도 뇌 손상이 심해서 거의 뇌사나 다름없었잖아? 우리가 조금 앞당겨 줬을 뿐이야. 이를테면 안락사… 같은 거라고."

의국으로 돌아온 홍 간호사는 폐기해야 할 기록지와 차트들을 책상 위에 한 데 모아두고서 일생일대의 번민에 휩싸였다. 잔물결 같은 선들이 빽빽하게 이어진 EEG 기록지 위로, '20XX-11-09 04:36'이라는 시각이 작게 박혀 있었다. 한쪽 모서리가 급하게 찢긴 듯 삐죽했지만, 선들은 낮고 정직한 웨이브를 그리고 있었다. 당시 김미연의 뇌가 살아 있었다는 분명한 증거였다.

그때 홍 간호사의 휴대폰이 울렸다. 홍 간호사가 담당하는 환자의 상태가 위중해지면서 걸려 온 응급콜이었다. 홍 간호사는 지체 없이 곧바로 의국 밖으로 뛰어나갔다.

바로 그 순간 누군가가 도둑고양이처럼 의국에 들어섰다. 홍 간호사의 책상 위에 놓인 파일 더미를 일사불란하게 확인하더니, 문제의 EEG 기록지를 빼서 황급히 의국을 빠져나갔다. 이내 자리로 되돌아온 홍 간호사는 정신없이 흩어 놓고 간 파일들을 책상 첫째 서랍에 넣고 자물쇠를 단단히 잠근 뒤, 다시 응급환자에게로 달려갔다.

그리고, 모든 것은 깊은 밤의 정적 속으로 파묻혔다.

1장

명진의료원 신경외과 부과장

차상혁

1

02-11 AM 08:30

 오전 8시 30분, 차상혁이 1번 수술실에 들어섰다. 8명으로 구성된 의료진이 집도의 시그널을 기다리고 있었다. 수술 가운과 마스크, 수술용 장갑까지 착용한 차상혁이 침대 머리 쪽에 비치된 의자에 앉았다. 수술대에 누운 환자의 반쯤 깎인 머리가 파르스름하게 빛나고 있었다. '수술실의 이발사'라는 별칭을 지닌 2년차 레지던트 박은호의 솜씨였다.
 수술대에 오른 환자는 63세의 조영자였다. 그녀는 보름 전 극심한 두통과 어지럼증을 호소하며 내원했다가 뇌종양 진단을 받았다. 그녀의 뇌 깊숙한 곳에 직경 3.9센티미터의 악성 종양이 자라고 있었다. 유방암에서 전이된 종양으로 성장 속도가 빨라 더는 미룰 수 없는 수술이었다.

더 고약한 것은 종양이 두개저(頭蓋低)에 자리하고 있다는 사실이었다. 두개저는 1.4킬로그램의 뇌를 받치고 있는 바닥 뼈를 말한다. 심장에서 뇌로 혈액을 공급하는 혈관이 통과하는 부위다. 각종 뇌신경을 비롯해 시신경이나 얼굴의 감각 등 모든 신경도 이곳을 통해 각종 장기와 기관들로 뻗어나간다. 중추신경계에서 가장 중요한 뇌간도 두개저에 붙어 있다.

숨골이라 불리는 뇌간은 신경외과 의사들도 '노맨스 랜드(Nomans Land)'라고 부를 정도로 접근을 꺼리는 영역이다. 아무리 실력 좋은 신경외과의라도 두개저 종양 수술만큼은 피하고 싶어 한다. 수술이 실패했을 때 집도의가 감당해야 하는 책임의 무게가 두려워서다.

하지만 차상혁은 예외였다. 가장 완벽해야만 하는 수술. 단 0.1mm의 오차도 용납되지 않는 이 상황이 그를 흥분시켰다. 극도로 정밀해야 하는 순간에 그의 감각은 더욱 맑고 또렷해졌다. 수술실은 자신이 얼마나 천재인지를 증명할 수 있는 무대였다. 누구도 감히 범접할 수 없는 영역에 그는 도달하고 있었다.

"뇌는 인간의 본질입니다. (오른손 검지로 머리를 톡톡 두드리며) 단 1mm로 한 사람을 무너지게 할 수 있죠."

차상혁이 일반인을 대상으로 한 강연이나 건강 정보를 다루는 TV 프로그램에서 종종 선보이는 퍼포먼스다.

작은 덩어리 하나가 인간 전체를 통제한다. 이 얼마나 우월한 일인가. 동기생들이 다른 과에 비해 상대적으로 편하고 수입도 좋은 전공을 선택할 때, 차상혁의 관심 분야는 오로지 신경외과, 그중에서도 뇌종양 전문의였다.

명진의료원 신경외과 에이스로서 뇌종양센터를 이끌고 있는 차상혁은 연간 200회 이상의 뇌수술을 집도한다. 특히 두개저 수술에 있어서는 세계적 권위자로 명성이 자자했다. 심각한 후유증이 따를 수 있다는 경고에도 불구하고, 환자와 보호자가 선뜻 수술 동의서에 사인하게 된 결정적 이유였다.

인간 전체를 통제하는 뇌를 조작하는 행위. 그에게 뇌수술은 특권이자 도취였다. 특히 누구도 손댈 수 없는 고난도의 수술일수록, 그 쾌감은 더욱 강렬했다.

바로 지금, 환자 조영자의 운명이 차상혁의 손끝에 달려 있다. 그의 손에 의해 환자의 비극과 구원의 서사가 교차한다. 물론 그는 오늘도 환자에게 구원의 결말을 안겨줄 것이다. 그런 의지를 드러내듯, 차상혁이 선곡한 오늘의 음악은 바그너 오페라 〈파르지팔〉이다.

4시간 15분 41초의 러닝 타임, 3막으로 구성된 구원과 해방의 드라마. 파르지팔은 3막 2장에서 성배를 수호하는 기사 암포르타스의 상처를 치유하는 구원의 기적을 펼쳐 보일 것이다.

마취과 의사가 마취제를 투여했다. 간호사는 환자의 생체 기능을 모니터링했다. 환자의 눈동자가 스르르 감기자, 신종수와 간호사가 차상혁의 눈치를 살폈다.

차상혁은 완벽주의자였다. 그는 머릿속으로 모든 상황을 정교하게 계산하고 치밀하게 통제했다. 행여나 결과물이 오차 범위에서 조금이라도 벗어나는 순간 그의 속에서는 엄청난 분노가 일었다. 아주 작은 실수조차 허락지 않는 이 강박적인 성향은 수술실 안에서 유독 두드러졌다. 그렇기 때문에 신종수와 간호사들은 말을 줄이고 그의 표정을 먼저 살피는 습관이 몸에 배었다.

차상혁이 말없이 메스 트레이 위에 손을 얹었다. 수술을 시작하자는 무언의 신호였다. 신종수와 간호사는 곧장 각자 위치에서 분주히 움직이기 시작했다. 신종수는 차상혁의 오른쪽, 수술 전문 간호사는 왼쪽에 자리 잡았다.

순회 간호사가 환자의 머리가 잘 보이도록 무영등 위치를 조정했다. 신종수가 환자의 머리를 고정했다. 소독 간호사가 희부옇게 드러난 환자의 두피에 소독약을 발랐다. 소독한 두피에 검은 펜으로 피부 절개 부위를 표시하는 선이 그어져 있었다.

음악은 이제 프롤로그를 넘어 1장을 달리고 있었다.

차상혁의 지시를 받은 신종수가 메스를 들고 검은 펜으로 그려진 선을 따라 두피를 절개했다. 두피가 커튼처럼 스르르 열렸. 신종수는 늘어진 피부를 접어 고무 밴드가 부착된 고리로 고정하고 상처 가장자리의 출혈을 지혈했다.

출혈이 멈추자, 상혁이 두개골에 구멍을 뚫기 시작했다. 절단기가 드나들 공간을 확보하기 위해서였다. 물뿌리개를 든 신종수가 연신 드릴에 물을 뿌리고 있었다. 요란한 드릴 소리가 진동하고, 뼈가 타는 듯한 냄새가 솔솔 피어올랐다.

이제 두개골을 개방할 차례였다. 신종수가 두개골을 옆으로 자르는 개두기로 드릴 날을 교체했다.

상혁이 앞서 뚫어 둔 구멍들을 연결하며 절개하기 시작했다. 뼛가루가 수술대 위에 흩날렸다. 드릴을 내려놓은 상혁이 절개된 뼈를 열어젖히자, 우지끈 소리를 내며 두개골이 뚜껑처럼 열렸다.

이제부터 신종수가 그동안 갈고닦은 실력을 발휘해야 하는 순간이었다. 신종수는 이 역사적인 수술에 수석 보조의로서 참여하고 있다는 사실이 감격스러웠다. 차상혁 교수의 지도를 받으며 임상 수련을 할 수 있다는 것은, 일생일대의 행운이었다. 그의 수술 실력은 의학을 넘어서 가히 예술의 경지였다. 하루빨리 전문의 자격을 취득해서 스승처럼 이 수술실을 진두지휘하고 싶었다.

순회 간호사가 무영등을 껐다. 어두컴컴해진 수술실에 미세현미경 불빛이 무영등 아래로 반짝 켜졌다. 수술 부위를 최대 40배까지 확대해 볼 수 있는 현미경이었다. 상혁이 수술 부위 가까이 현미경 위치를 조정했다. 초점은 기계가 알아서 맞출 것이다. 상혁이 먼저 스코프를 조절하자, 신종수도 자기 스코프를 조절했다.

"스코프 맞췄습니다, 교수님." 신종수가 외쳤다.

그렇게 수술의 2막이 열렸다.

미세현미경으로 들여다보는 뇌는 신세계나 다름없다. 머리카락보다 가느다란 붉디붉은 혈관들이 뇌를 감싸고 있고, 뇌의 주름 하나하나가 밭고랑처럼 굵어 보였다.

견인기를 들고 대뇌로 접근하는 신종수도 차상혁 못지않게 고도의 집중력을 발휘하고 있었다. 숨소리조차 들리지 않았다. 그의 역할은 집도의의 메스가 종양이 있는 부위에 접근할 수 있도록 틈을 내주는 것이었다. 극도로 예민하고 섬세한 터치로 뇌를 당겨, 틈을 만들어 줘야 한다. 겹겹이 계곡을 이룬 뇌 부위는 두부나 젤리처럼 말랑하다. 자칫 힘 조절에 실패해 뇌혈관이라도 터지면, 수술실은 일순 끔찍하고 살벌한 현장으로 변해 버릴 것이다.

그 순간이었다. 조금만 더 밀면 된다고 생각한 찰나, 뇌 조직이 미세하게 찌그러졌다. 압력이 살짝 과했다. 결국 팽팽하게 당겨진 실핏줄 하나가 푸슉, 소리를 내며 터졌다. 붉은 출혈이 맥없이 퍼졌다. 당황한 신종수가 땀이 흥건한 손으로 견인기를 고쳐 잡았다. 며칠 쪽잠을 잔데다가 너무 긴장한 탓이었다.

"비켜." 차상혁이 낮게 말했다.

신종수는 견인기를 내려놓고 얼른 뒤로 물러섰다. 재빨리 차상혁의 표정을 살폈지만 아무것도 읽을 수 없었다.

흐트러졌던 흐름이 차상혁의 손끝 아래서 다시 원래의 리듬을 되찾기 시작했다. 출혈 부위를 침착하게 처리한 뒤, 상혁의 메스가 다시 종양의 중심으로 진입했다.

뇌 속을 헤집으며 종양과 사투를 벌이는 상혁의 시간은 지금 물리법칙을 벗어나 있었다. 일견 고요하고 잠잠해 보이지만 실은 죽음에 맞서 싸우는 격렬한 전쟁터였다. 한 시간이 10초, 두 시간이 1분처럼 흘렀다. 점차 그의 손이 닿은 곳들이 리듬을 되찾기 시작하면서 〈파르지팔〉도 3막의 끝을 향해 달리고 있었다.

모두가 숨을 죽인 채 그 광경을 바라보았다. 신종수는 감히 실수였다고 말할 정신도 없이 현장에 압도당해 있었다.

마침내 상혁이 두개저 깊숙한 종양을 제거하는 데 성공했다. 숨죽여 모니터를 지켜보던 간호사들의 입에서 탄성이 터졌다.

"생을 구원하는 것은, 신이 아니라 결국 의사지."

차상혁의 나른한 목소리와 함께, 〈파르지팔〉도 대단원의 막을 내렸다. 오페라의 러닝 타임과 수술 시간을 맞춘 것이었다. 오늘의 수술도 차상혁의 완벽한 통제 범위 안에서 한 치 오차 없이 종료되었다.

수술이 끝난 뒤, 신종수는 탈의실에 홀로 앉아 수술복을 벗었다. 이제야 두려움이 밀려왔다. 상혁은 절대 좀 전의 실수를 넘어가지 않을 것이다.

그때 문이 열리고 차상혁이 들어왔다. 신종수는 벌떡 일어나 고개를 숙였다. "죄송합니다 교수님. 제가 실수를 했어요."

차상혁은 말없이 수술복을 벗었다.

"어떤 징계든 달게 받을게요. 정말 죄송합니다." 신종수가 한 번 더 고개를 숙였다.

"죄송한 게 아니라 잘못한 거야." 상혁이 말했다.

"아? 아, 네. 자, 잘못했습니다." 신종수의 얼굴이 시뻘겋게 달아올랐다.

"정신 똑바로 차려. 나랑 평생 가야지?" 상혁은 팔꿈치로 신종수의 팔을 가볍게 툭 쳤다. 감읍한 얼굴로 서 있는 신종수를 뒤로한 채, 상혁은 탈의실을 무표정하게 걸어 나갔다.

상혁이 복도에 모습을 드러낸 순간, 그곳을 지나가던 모든 이들의 시선이 집중됐다. 명망 있는 집안에서 잘 자란 사람처럼 그의 몸에는 자연스러운 기품이 배어 있었다. 하얀 가운 속에 단정히 정리된 어깨선과 빈틈없이 다져진 몸매는, 타고난 유전보다 꾸준한 훈련과 절제의 결과처럼 보였다. 생생히 빛나는 안광은 누구든지 굴복시킬 수 있는 권위가 있었다.

"평소엔 저렇게 젠틀해 보이지만, 뭔가 자기 뜻대로 안 되면 눈이 확 돌아가더라고. 그럴 때 보면 꼭 사이코패스 같아."

"다들 자기가 알아서 따랐다고 착각하는데, 나중에 알고 보면

차 교수가 원하는 바대로 된 거였어. 가스라이팅의 귀재야."

"사이코패스든 가스라이팅의 귀재든, 결국 삼자들은 다 차 교수 편일걸. 환자, 보호자, 그리고 여자."

어떤 경쟁에서도 수단과 방법을 가리지 않고 반드시 이기고야 마는 승부사. 빈틈없는 논리와 매혹적인 카리스마로 상대방의 심리를 거리낌 없이 조종하는 권력가. 차상혁을 잘 아는 병원 관계자들은 그를 동경하면서도 두려워했다. 그는 언제나 화제의 중심이었다. 더욱이 최근 병원 이사장의 외동딸 이한나와의 결혼 소식이 알려지면서, 원내에 온갖 말들이 떠도는 것을 상혁은 잘 알고 있었다.

하지만 개의치 않았다. 자신보다 저급한 인간들의 평판에 신경 쓰는 건 소모적인 일이었다. 실제로 얼굴을 맞대면 모두 꼬리를 바짝 내리고 살살거리기 일쑤였다. 상혁은 지금 자타공인 명진의료원의 실세였다. 오직 자신의 계획대로, 누구도 도달하지 못한 자리에 도달하는 것에만 집중했다. 그곳은 바로 명진의료원의 노맨스 랜드, 23층 이사장실. 그 열쇠는 약혼녀 이한나였.

상혁은 안내 데스크 옆에 위치한 의국으로 발걸음을 옮겼다. 그곳에서 레지던트들과 간호사들의 노티를 받고, 간단히 점심을 때운 다음 오후 회진을 돌며 방금 수술을 마친 환자의 상태도 살펴야 한다. 마취에서 깨어난 환자는 지금쯤 집중치료실로 옮겨져 주치의 신종수의 집중 감시를 받고 있을 것이다.

그때 가운 주머니에 넣어 둔 휴대폰 진동이 느껴졌다. '혹시 수술환자에게 문제가 생긴 건가?' 상혁은 긴장한 기색으로 휴대폰에 뜬 발신자를 확인하고 안도의 한숨을 내쉬었다.

"수술은 어떻게 됐나?"

통화 버튼을 누르자마자 부원장 오기태가 대뜸 물었다.

"예, 교수님. 다행히 잘 마쳤습니다." 상혁이 허리를 곧추세우며 말했다.

"역시… 이번에도 차 교수가 옳았군."

"교수님 방식대로 했다면 더 나았을 수도 있죠." 상혁은 겸손한 투로 말했다.

오기태는 수술 전 열린 컨퍼런스에서 상혁에게 다른 수술법을 고려해 보라고 제안했다.

"차 교수도 잘 알겠지만, 머리를 열어야 하는 개두술은 수술 중 문제가 터지거나 후유증이 남을 가능성도 크잖나. 감마나이프 수술도 있고, 내시경 수술도 있고… 가능하다면 다른 수술법을 먼저 고려해 봐야 하지 않을까?"

감마나이프 수술은 머리를 열지 않고 뇌 병변에 방사선을 집중적으로 쪼는 방식으로 행하는 수술이다. 내시경 수술은 코와 귀 등에 내시경을 삽입해 수술한다. 뇌의 바닥과 코의 윗부분이 맞닿아 있어 코를 통해 뇌에 접근하는 방식이 개두 수술에 비해 훨씬 안전하고 편리할 수 있다.

하지만 상혁의 생각은 오기태와 달랐다.

"그래도 저는 두개저 수술이 최선이라고 생각합니다."

"자신할 수 있겠나?"

"자신 있습니다"

"뭐, 차 교수께서 그러시다면야…."

어차피 모든 수술은 위험하다. 물론 감마나이프나 내시경 수술이 개두 수술에 비해 안전해 보이는 건 사실이었다. 그러나 무시할 수 없는 단점도 있었다. 뇌 부위가 개방되지 않은 상태에서 수술 중 문제가 터지면 적절하게 대처할 수가 없다. 그 '만약'이라는 경우의 수가 환자의 비극적 운명을 좌우한다. 또 대학병원이라면 교육적 측면도 적극 고려해야 한다는 게 상혁의 생각이었다. 임상 수련 중인 학생들에게 고난도의 수술 현장을 직접 체험하며 학습하는 기회를 제공하는 것, 이 또한 중요한 대학병원의 기능이다.

"암튼 수고했어. 축하하고. 지금 바쁜가?" 오기태가 말했다.

"아, 오후 회진 전까지는 여유가 좀 있습니다."

"잘 됐군. 잠깐 좀 볼까?"

"지금 바로 갈게요."

차상혁은 곧장 부원장실 쪽으로 방향을 틀었다. 맞은편에서 걸어오던 수련의 두 명이 그를 보고 흠칫했다. 비켜설 타이밍을 놓친 그들은 얼른 허리를 깊게 숙였다. 상혁이 가볍게 목례를 하고 지나가자마자, 수련의들은 긴장 어린 한숨을 내쉬고는 반대편으로 빠르게 사라졌다.

02-11 PM 2:03

부원장실 입구 앞에 선 상혁은 잠시 멈춰서서 복장을 가다듬었다. 부원장이자 신경외과장 오기태는 상혁을 유일하게 긴장시키는 인물이었다. 신경외과 차상혁 교수의 길을 열어 준 스승이자 은인이다. 전문의 자격을 취득했을 당시 수술 중독에 빠진 상혁을 일깨워 뇌종양 연구에 매진할 수 있도록 했고, 상혁의 바람대로 뇌종양 센터를 설립하는 데에도 그의 도움이 컸다. 상혁이 프랑스의 한 병원에서 임상의사로 경험을 쌓을 수 있도록 추천해 준 이도 오기태였다. 상혁은 두개저 수술의 세계적 권위자인 유대인 주임교수 밑에서 펠로우로 일하며 두개저 수술의 첨단 기술을 터득할 수 있었다. 오기태의 성공과 명성이 오늘날 차상혁의 명성을 견인해 준 셈이었다.

상혁이 문을 열고 들어서자, 비서 안민혜가 황급히 얼굴을 돌리고 티슈로 눈가를 훔쳤다. 상혁은 급히 시선을 돌리며 못 본 척했다.

"오셨어요?" 반사적으로 몸을 일으키는 안민혜의 얼굴이 눈물로 얼룩져 있었다. '이별의 수순을 밟기 시작한 건가.' 상혁은 안민혜에게 그냥 앉아 있으라는 제스처를 취하며 내실 문을 열고 들어섰다.

"어서 와. 우리 차 교수 점점 멋있어지는군. 넥타이도 아주 폼나네?" 오기태가 안경테를 잡고 상체를 기울이며 말했다. "어이, 그럴 거면 탤런트를 하지 그랬나. 아직 늦지 않았어."

"자제하겠습니다."

"농담이야, 이 친구야."

농담이라지만, 본질에서 벗어나지 말라는 은근한 충고가 담긴 말이라는 것쯤은 상혁도 잘 안다.

"자네야 뭐 우리 병원 홍보용 브로마이드 모델이니까, 이미지 관리도 해줘야지. 점심은 드셨나?"

"방금 수술실에서 나왔는데요 뭐. 교수님도 아직인가요?"

"나야 뭐, 이거면 돼." 오기태가 서랍에서 에너지바 두 개를 꺼내며 말했다. 자네도 하나 할 텐가?"

"아, 전 됐습니다."

오기태가 에너지바를 씹으며 말했다. "이거 참, 말년에 자리 옮기려니까 정리할 게 뭐 그리 많은지…. 도무지 정신을 차릴 수가 없어."

"혹시 방금 무슨 일 있었습니까?" 상혁이 모니터 옆 책상에 공공의료 정책 제안이 담긴 보고서를 건너다 보며 말했다. 스승은 지금 정리할 게 많아서라기보다, 다음 스텝을 밟기 위해 준비하느라 바쁠 터였다.

"일이라니?" 오기태가 생뚱맞다는 듯 물었다.

"들어오면서 보니까, 안 비서 안색이 좀 안 좋아 보여서…."

"아, 저 친구도 참…. 너무 티 내고 그러지 말라니까."

"무슨 일인데요?"

"일은 무슨…. 그저 흔한 이별의 과정이라네."

이별의 과정. 역시 짐작대로였다. 안민혜는 5년 가까이 보좌해 온 상사와의 이별을 아직 받아들이지 못하고 있는 것이다.

오기태 교수는 한 달 뒤 경기도의 신도시에 신설된 공공의료병원 원장에 취임하기로 되어 있었다. 국내 최고의 병원으로 손꼽히는 안정적이고 명예로운 병원을 떠나 공공의료 분야에서 새로운 발자취를 남기기 위한 것이다. 상혁은 스승의 선택을 존중하면서도 선뜻 이해하기는 힘들었다. 부원장에서 원장으로, 더 높은 지위를 얻기 위해서가 아니라는 점도 안타까웠다. 이사장이 차기 원장직을 제안하며 오기태를 붙잡으려 했지만, 그의 고집을 꺾을 수는 없었다.

병원 내 모든 임직원이 오기태의 이직을 아쉬워하고 있었다. 간호조무사들, 식당에서 일하는 사람들, 청소 노동자들… 무시당하기 일쑤인 직원들에게 따스한 눈길과 관심을 보내는 최고위직 의사는 오기태가 거의 유일했다. 그의 부재는 병원의 근무 환경을 더욱 팍팍하게 할 게 뻔했다. 그의 빈 자리를 차상혁이 승계하고 나면 지금과는 사뭇 다른 분위기일 것이 훤히 짐작됐기 때문이었다.

"이봐, 오 교수! 거 늘그막에 오기 좀 그만 부려. 이 사람아, 그동안 바쁘게 살았잖아. 환자들 돌보느라 이혼까지 당한 사람이 말이지. 아직도 청춘인 줄 아나. 우리도 이제 몸 사릴 때라고. 이제 좀 여유를 갖고, 여행도 다니고 골프도 치면서 남은 인생을 즐겨." 주변 친구들은 다들 이런 투로 오기태를 만류했다.

"여행은 뭘 여행이야, 괜히 무릎만 아프고 돈만 깨지지. 골프도 치던 사람이나 쳐야지, 내가 채를 몇 번 휘두르고 나면 공도, 캐디들도, 다들 내 곁에서 달아나고 없다니까?" 오기태는 너스레를 떨며 고개를 절레절레 흔들었다. "병원이 제일 편하구 좋아. 냉난방도 빵빵하고, 병원 밥도 맛있고. 무엇보다 환자들이 있잖아. 야, 세상에 누가 예순 넘은 노인네를 그리 반갑게 맞아주겠냐?"

말하자면 오기태는 그런 부류의 인간이었다. 사명감과 신념을 품고 선택한 의사의 길에 인생을 걸고 자기의 모든 걸 투신한 사람.

공공병원은 오기태가 새로운 사명감으로 도전하는 분야였다. 신설 병원인지라 아직 인력 충원도 되지 않았을 테고, 시스템도 초기 단계라 가시밭길이 될 게 뻔한 자리였다. 원장으로서 병원 운영에 따르는 모든 업무를 총괄하며 막중한 책임과 의무까지 감당해야 할 것이다.

"지금이라도 재고해 보실 순 없겠습니까? 여태껏 고생하셨으면서 왜 또 그 험난한 길을…." 상혁이 착잡한 얼굴로 물었다.

"사서 고생하는 타입이라더군. 이쯤 되면 팔자려니 해야지." 오기태가 허허 웃더니 물끄러미 상혁을 쳐다봤다. 수제자에 대한 애정과 걱정이 묻어나는 시선이었다.

"사실 지금도 늦었어. 내가 전에 말했던가? 공공의료병원의 모범적 사례를 제시하고 싶다는 것, 의사로서 내 마지막 소명이었어. 좀 더 젊을 때 시작했어야 했는데 말이지."

"하지만 저는 아직 교수님과 함께 명진에서 이루고 싶은 일이 많습니다." 상혁이 존경심을 담아 말했다.

"그렇게 말해주니 고맙긴 하다만, 떠날 때가 된 거야. 명진에는 우리 차 교수가 있으니까. 나를 가장 필요로 하는 곳에서 다시 시작하는 게 맞지. 나를 위해서도, 시민들을 위해서도, 사회를 위해서도."

"저도 교수님이 필요합니다. 저, 아직 많이 부족해요." 상혁이 말했다. 이 말은 확실히 인사치레로 하는 말이었다.

"왜 이러시나, 매사에 자신감 충만하던 사람이…. 어이, 차 과장! 엄살 좀 그만 부려."

"예? 왜 이러세요. 아직 과장은 교수님이십니다."

짐짓 놀란 표정을 지어 보이는 상혁의 얼굴이 발그레해졌다. 수술실에 있을 때처럼 뇌에서 도파민이 솟고 있는 게 분명했다.

"놀라긴. 자네도 알고 있었잖아? 아직 이사회 승인 절차가 남아 있지만, 그거야 뭐 이사장님이 뒤에 버티고 있으니까 형식적인 것에 불과한 거고."

"햇병아리 때부터 못난 저를 품어 주시고 지도하고 이끌어 주셔서 정말 감사합니다. 교수님 명성에 먹칠하지 않도록 열심히 하겠습니다."

"그렇지. 그렇게 나와야 자네답지. 난 이제 노을빛 석양일 뿐이야. 자네야말로 명진의 뜨거운 태양 아닌가."

"과찬이십니다. 교수님이 명진을 떠나신다고 해도, 언제나 교수님의 가르침을 기억하고 계속 정진하겠습니다." 상혁이 떨리는 목소리로 말했다. 진심이 담긴 목소리였다.

"됐어, 인마. 바로 옆에서 도와주는 사람들한테나 잘해. 한 가지 걱정되는 건 자네의 그 날 선 기질이야. 자네 같은 사람은 종종 혼자 너무 멀리 달려가. 축구 좋아하나? 공격수가 골을 넣기 전 빌드업을 하잖아. 미드필더와 수비수들이 빌드업으로 받쳐 주고 패스로 연결해 줘야 손흥민이 골을 넣을 수 있게 되는 거라고."

"잘 알겠습니다. 안 그래도 나름 변하려고 노력은 하고 있습니다. 좀 어색하긴 하지만…."

"그래야지. 자네의 그 멋진 이미지는 허상이야. 주변에서 진심을 다해 자네에게 스포트라이트를 비춰 줄 때 비로소 스타 자격이 주어지는 것 아니겠나. 스타라는 건 그런 거니까."

"명심하겠습니다." 상혁이 고개를 크게 끄덕이며 말했다. 그는 스승이 왜 자기를 호출했는지 알 것 같았다. 과장 자리를 이어받게 될 후임자에게 마지막 충고를 해주고 싶었을 것이다.

"아, 결혼 준비는 잘 돼 가나?"

오기태가 화제를 바꾸며 싱긋 미소 지었다.

"그거야 뭐, 한나 씨가 알아서 잘하겠죠."

상혁은 약혼녀 이한나와 한 달 뒤 결혼식을 올릴 예정이었다. 오기태가 주례를 서주기로 했다. 두 사람이 연인 관계로 발전하기까지 은근히 뒤를 봐준 사람도 오기태였다.

"교수님은 여러모로 저의 은인이십니다. 저와 한나 씨를 만나게 해주셨고, 이사장님께도 저를 사위 후보로 적극 추천하셨다고 들었습니다."

"아니. 그건 자네가 잘못 알고 있는 것 같은데? 내가 뭐라고 젊은이들 연사에 이래라저래라 간섭할 수 있겠나. 불타는 청춘들이 서로 얽히는 건 자연스러운 본능이잖아. 서로의 유전자에 이끌리고, 서로의 가능성에 이끌린 결과 아니겠나. 생물학적 본능과 사회학적 본능이 결합해 화학 작용을 일으킨 결과라고나 할까."

오기태가 껄껄 웃으며 말을 맺었다. 그의 입에서 튀어나온 에너지바 부스러기가 상혁의 얼굴에 튀었다.

"그건 그렇고, 오늘 저녁에 일정 잡힌 것 있나?" 오기태가 티슈로 입술을 훔치며 물었다.

"특별한 약속은 없습니다."

"잘됐군. 오랜만에 저녁 같이 할까? 앞으로 피차 시간 내기 어려울 테니, 말 나온 김에 오늘 당장 약속을 잡지."

"저야 무조건 오케입니다."

"그럼, 저녁 때 보자고. 지난번에 갔던 일식집 어때?"

"아 예. 지금 제가 바로 예약하겠습니다."

"아냐. 안 비서에게 부탁해 둘게. 이만 가봐. 내가 너무 오래 잡아뒀군."

상혁이 출입문으로 향할 때 노크 소리가 울리고, 간호사가 문을 열고 들어왔다. 신경외과 중환자실 수간호사 이하얀이었다. 최근 건강상의 이유로 사직서를 제출한 이하얀은 후임자가 정해질 때까지 한시적으로 근무 중이라고 들었다.

차상혁의 얼굴을 본 이하얀이 흠칫 놀라며 뒤로 물러섰다. 상혁과 마주치는 사람들의 대체적인 반응이었다. 이하얀은 안 그래도 마르고 왜소한 체구를 한껏 움츠러뜨리며 상혁의 어깨 너머로 오기태를 바라봤다.

"무슨 일이지?" 오기태가 이하얀에게 물었다.

"오후 회진 때문에요. 노티하러 왔어요. 또 개인적으로 드릴 말씀도 있고…." 이하얀은 상혁이 신경 쓰이는 듯 말을 줄였다

"아, 벌써 시간이 그렇게 됐나? 차 교수도 얼른 가봐." 오기태가

눈치껏 상혁에게 손짓하며 말했다.

이직을 앞둔 오기태는 현재 특별 관리를 받는 VIP 환자들만 상대하고 있었다. 그마저도 차상혁에게 주치의 자리를 넘겨주게 될 것이다. 그 외 병동 전체 환자들 회진을 이끄는 것은 차상혁이었다.

상혁은 오기태에게 꾸벅 허리를 굽혔다. 하얀에게도 가볍게 목례를 한 후 부원장실을 나와 의국으로 향했다. 가볍고 경쾌한 걸음걸이였다. 오늘만큼은 그 어떤 실수도 잘못도 너그러이 용서할 수 있을 것 같았다. 눈에 띄는 사람들 모두가 자기편으로 보이고, 영하 10도를 기록한 2월 중순의 맵찬 날씨마저 훈훈함으로 다가올 시셩이었다.

상혁은 곧 신경외과 과장으로 승진한다. 그가 갈망해 온 꿈의 계단을 한 단계 넘어서게 되는 것이다. 성공의 트로피가 손에 잡힐 듯했다. 특히나 오늘은 상혁에게 운수 좋은 날이었다. 모든 것이 그가 정교하게 설계한 시뮬레이션대로 흘러갔다. 〈파르지팔〉의 러닝타임이 초 단위까지 정확히 맞아떨어진 것도 결코 우연이 아니었다. 오늘 하루가 제4상 임상시험의 종료처럼 그의 통제력 안에서 완벽하게 마무리되고 있었다. 저녁에도 뭔가 기분 좋은 소식을 듣게 될 것 같은 예감이었다.

02-11 PM 3:17

상혁은 신경외과에 배정된 인턴 세 명, 레지던트 세 명과 간호사들을 이끌고 회진에 나섰다. 각 병실의 환자마다 주치의를 맡은 레지던트나 간호사가 노티를 하고, 상혁은 환자의 상태를 살피며 위로를 건넸다. 의사와 환자들 사이에 친밀한 관계를 형성하는, 이른바 '라포'를 나누는 시간이다. 수련의들이나 간호사들에게 까탈을 부리며 부당한 압력을 행사하던 상혁도 이때만큼은 친절하고 인자한 의사를 연기하며 환자들을 돌본다.

회진을 돌 때 상혁이 가장 먼저 방문하는 곳은 집중치료실이었다.

말 그대로 집중적인 치료를 요하는 환자들이 모여 있는 곳. 첫 번째 환자는 몸 곳곳에 주사와 관을 꽂은 채 연명하고 있는 75세 노인이었다. 치료를 거부하며 자주 난동을 부리기도 해서 주치의와 담당 간호사를 곤경에 빠뜨리는 요주의 환자였다.

상혁에게도 다짜고짜 반말이었다.

"나 좀 내버려둬, 이 새끼들아! 이대로 죽게 내버려두라고."

"어디 그럴 수 있나요? 어르신, 여긴 죽게 내버려두는 곳이 아니라, 어떻게든 살게 하는 곳입니다." 상혁이 입가에 미소를 잃지 않으려 애쓰며 환자를 달랬다.

발끈한 환자가 고래고래 소리쳤다. "너희들 말야, 이런 쓸데없는 치료로 돈 뜯어내려는 수작이잖아. 내가 모를 줄 알아?"

"맞습니다, 어르신. 우리 의료진의 치료에는 돈이 들죠. 우린 어르신 같은 분들 치료하며 돈을 벌기 위해 여기 있는 겁니다. 그걸 부인할 순 없겠죠. 그럼 어르신은 왜 여기 누워 계신 걸까요?"

"니들이 날 여기 잡아두고 있는 거잖아?"

"아니죠. 어르신은 고통을 치유하러 여기 오신 겁니다. 고통을 덜고 보다 건강한 몸으로, 보다 잘 살기 위해서 여기 계신 것이죠. 우리가 고통을 덜어드릴게요. 어르신이 건강해져서 댁으로 돌아가실 수 있도록 최선을 다할 겁니다. 우릴 믿어 주세요. 그래야 더 빨리 집으로 돌아가실 수 있어요."

순간 환자가 왈칵 눈물을 터뜨렸다. 간호사가 재빨리 수건으로 눈물을 닦아 주었다. 환자가 상혁의 손을 덥석 잡았다. 상혁이 환자의 손등을 한두 번 가볍게 쓸었다. 그리고는 목에 걸린 마스크 끈을 고쳐 매는 척, 자연스럽게 손을 빼냈다.

다행히 조영자 환자도 완전히 의식을 회복한 상태였다. 혈압과 맥박도 정상 수치를 보이고 있었다. 병마에 굴복하지 않겠다는 환자의 강렬한 의지가 빠른 회복을 돕고 있는지도 모른다. 하지만 아직은 긴장을 늦출 수 없었다. 유방암에서 한 번 전이되어 2차 수술을 받은 상태라, 언제 또다시 다른 뇌 부위로 전이될지 알 수 없었다. 다시 재발하면 개두저 수술보다 감마나이프나 내시경 수술로 종양을 제거할 계획이었다.

회진을 마치고 교수연구실로 돌아온 상혁은 내일 예정된 수술의 절차를 시뮬레이션하며 저녁 약속 시간을 기다렸다. 점심을 빵으로 대충 때운 탓에 몹시 허기가 졌다.

02-11 PM 7:07

상혁이 약속 장소인 숙성회 전문점 미락(味樂)에 도착했을 때 오기태가 미리 와서 기다리고 있었다.

그런데 어쩐지 분위기가 심상치 않았다. 룸에 들어선 상혁을 쳐다보는 오기태의 표정이 차갑게 굳어 있었다. 깊은 고뇌와 극한의 분노를 간신히 누르고 있는 듯 보였다.

"먼저 와계셨네요. 늦어서 죄송합니다." 상혁이 오기태의 눈치를 살피며 말했다.

"시장할 텐데 저녁부터 하자고." 오기태가 퉁명스레 말했다.

오기태가 벨을 눌러 종업원을 부르더니 스시 모둠 스페셜 메뉴를 주문했다.

"한잔하셔야죠. 교수님 즐기시는 도쿠리 정종으로 할까요?" 상혁이 메뉴판을 들어 보이며 비위를 맞췄다.

"술은 다음에 하지." 오기태가 딱 잘라 말했다.

주문한 메뉴가 나왔고, 두 사람은 말없이 식사를 이어갔다. 무거운 침묵과 정적이 상혁의 빈속에 체기처럼 얹혔다.

상혁은 오랜만에 스승에게 두려움을 느꼈다. 스승은 뭔가 불만이 있을 때면 말수가 줄어든다. 오늘처럼 완전한 침묵을 선택하는 건, 아주 심각한 문제가 발생했을 때 보이는 습관이었다. 상혁은 오기태가 왜 이렇게 화가 났는지 도무지 감이 잡히지 않았다. 분석 불가능한 변수는 언제나 그를 고통스럽게 했다. 전두엽 깊숙이 압이 차오르는 기분이었다.

식사를 마친 오기태가 마침내 젓가락을 내려놓고 상혁을 물끄러미 바라보았다. 그러더니 서류 가방을 열어 진회색 비닐파일을 하나 꺼냈다.

오기태가 오른손 집게손가락과 가운뎃손가락으로 파일을 투둑, 투둑 두드리며 상혁의 눈을 노려봤다.

"자네가 의사인가? 아니, 적어도 인간이긴 한 건가?" 오기태가 물었다. 도무지 종잡을 수 없는, 모호한 물음이었다.

"무슨 말씀이신지…."

"상혁아! 이 망할 자식아!" 오기태가 버럭 소리쳤다. "더 이상 날 실망시키지 말아다오. 부디 네가 했던 히포크라테스의 선서가 거짓이 아니길 바란다."

"대체 왜 그러시는 건데요? 제가 의사로서 뭘 잘못한 적이 있습니까?"

"그럼 이건 뭐냐?" 오기태가 비닐파일을 상혁 앞으로 툭 던지며 말했다.

 상혁이 파일을 열자, 동굴 깊은 곳에서 은밀하고 비밀스러운 연기가 피어오르기 시작했다. 동굴 속 지하 호수 아래 묵묵히 침잠해 있던 진실이 3년 만에, 수면 위로 떠오르는 순간이었다.

 사소한 실수였다. 그 실수 하나가 한 생명을 죽음으로 몰아갔다. 그건 부인할 수 없는 사실이었다. 상혁이 뇌수술 분야의 일인자로 칭송받으며 거의 매일 한두 건씩, 많을 때는 서너 건씩 수술을 집도하며 수술 중독자로 살아가던 때 벌어진 일이었다.

 그날, 응급실에서 집중치료실로 옮겨간 두 명의 환자가 있었다. 둘 다 죽음의 문턱에 이른 상황, 혹시 모를 기적의 순간에 한 가닥 희망을 걸고 있었다. 공교롭게도 비슷한 나이, 비슷한 이름을 가진 환자들이었다.

 운전 중 트럭과 충돌하는 사고를 당한 김미연, 그녀는 뇌부종과 장파열 진단을 받고 곧바로 흉부외과에서 응급수술을 받았다. 뇌부종보다 장파열 수술이 더 시급했기 때문이었다.

 김미연이 파열된 장기를 복구하는 수술을 받고 있을 때, 3층 빌라 옥상에서 추락했다는 이미연이 응급실로 실려 왔다. 심각한 뇌 손상을 입은 게 확실했다. 시급히 응급수술에 들어가야 하는 상황, 그런데 하필 뇌혈관 전문의가 학회에 참석 중이라 상혁이 집도하게 되었다.

 상혁은 졸지에 고난도의 수술 두 건을 차례로 감당해야만 했다.

게다가 전날 저녁부터 시작된 수술이 다음 날 아침에야 끝난 터라, 잠 한숨 자지 못하고 업무를 시작해야만 했다. 번아웃 상태로 고도의 집중을 요하는 장시간 수술에 연달아 투입된 것이다.

자신의 연구실에서 상혁은 반쯤 눈이 감긴 채로 EEG 기록지와 차트들을 대충 확인했다. 소생 불가능하다는 판단이 당연했고, 그렇게 김미연 환자에게 뇌사 진단을 내렸다. 그것은 돌이킬 수 없는 실수였다. 그 검사 결과는 사실 김미연이 아닌 이미연 환자에 대한 기록이기 때문이었다. 이미연과 김미연, 두 환자의 이름을 혼동한 상혁의 실수였다.

몇 시간 뒤, 실수를 알아차렸을 때 이미 뇌사판정위원회에서 김미연 환자에 대한 뇌사 판정을 내린 상황이었다. 형식적으로 열린 뇌사판정위원회는 금세 판정을 마무리 지었다. 담당의가 그 누구도 아닌 신경외과 톱(top) 차상혁이었기에 아무도 더블체크를 해야할 필요성을 느끼지 못한 것이다. 모두의 어이없는 실수가 멀쩡히 살아있는 김미연 환자를 죽음으로 몰아넣었다. 정작 뇌사 판정을 받아야 할 이미연 환자는 연명치료를 받다가 3일 뒤 심장이 멎었다.

김미연 환자의 장기 기증 절차를 지켜보면서도 상혁은 마지막까지 실수를 바로잡으려 하지 않았다. 실수를 인정하는 순간 그간 공들여 쌓아 온 명성이 무너질까 두려웠다. '다른 사람도 아닌, 나 차상혁이 그런 실수를 저지르다니.' 죽어도 인정하기 싫었다. 그는 담당 간호사를 불러 회유하고 닦달하고 위협하며 입을 막았다. 억지로 추천서를 써주며 다른 병원으로 이직하도록 조치했고, 환자 관련 자료는 모두 폐기했다.

그랬는데, 깨끗이 없앴다고 확신했던 증거 자료가 떡하니 상혁 앞에 펼쳐져 있는 것이다.

'뇌사가 확실해 보임. 뇌사판정위원회 회부 요청.'

김미연 환자의 EEG 기록지 맨 밑줄에 적혀 있는 문구였다. 그 진단을 내린 '주치의 차상혁'이라는 문구도 선명하게 적혀 있었고, 얄궂게도 상혁의 이름에 누군가 형광펜으로 동그랗게 체크까지 해놓았다. 다음 장에 김미연 환자의 EEG 기록지가 끼워져 있고, 뇌사 판정 회부에 상반되는 관찰 내용이 형광펜으로 표시되어 있었다. 미약하지만 아직 뇌가 기능을 하고 있다는 걸 보여주는 최후의 뇌파 기록이었다. 한마디로 '어쩌면 살 수도 있었을' 생명을 죽여 버린 것이다. 다시 봐도 가슴이 철렁했다. 오만과 자만에 차 있던 차상혁이 저지른, 중대한 실수였다.

"상혁아, 대체 왜 그런 거냐? 그때 내가 이 결재 서류에 최종 사인을 했어… 네놈 말만 믿었단 말이다." 오기태가 말했다. 울분이 섞여 있는 음성엔, 막심한 자책과 회환이 담겨 있었다.

상혁은 아직 충격에서 헤어나지 못한 듯 멍해 보였다.

"우리가… 우리가 사람을 죽였어…."

"교수님과는 전혀 상관없는 일입니다." 상혁이 가까스로 입을 열었다.

"상관이 없다고? 내가 신경외과 최고 책임자인데?"

오기태의 목소리 톤이 높아졌다. 그는 사고를 막지 못한 자신을 책망하는 것 같았다.

"면목 없습니다. 제 실수였습니다." 상혁이 고개 푹 숙인 채 말했다.

"좀 그럴듯한 변명을 해봐! 이 자식아, 왜 나한테 말하지 않았어?"

"그때 제가 교수님께 말씀드렸다면, 뭐가 달라지는데요?" 상혁이 고개를 슬며시 쳐들며 말했다.

상혁은 그때 자신의 실수를 오기태에게 들키고 싶지 않았다. 오기태는 상혁이 존경하고 닮고 싶은 거인이었지만, 넘어서야 할 경쟁자이기도 했다. 상혁도 어느새 오기태의 명성과 견줄 수 있는 실력자로 인정받기 시작하던 때였다. 그 실수 하나로 자존심과 명예에 상처를 입을 수는 없었다.

"뭐어? 당연히 실수를 인정하고 적절한 조치를 취했어야지. 그게 의사로서의 책임이자 의무야!" 오기태가 버럭 소리쳤다.

"네, 맞습니다. 그런데 이제 와서 뭘 어쩌자고요!" 상혁도 대들 듯이 소리쳤다.

'그래 나더러 어쩌란 말이냐?' 언뜻 돌이켜 보니 상혁은 좀 억울한 심정이 들었다. 병원에서 크고 작은 실수는 언제든 벌어지게 마련이다. 특히 수술실에서는 그게 실수인지 실패인지 구분하기 어려운 일도 종종 벌어진다. 어떤 실수는 합법적이고 정당한 의료행위 중에 응당 벌어질 수 있는 일로 간주되어 가려지고 잊힌다. 그때 일도 마찬가지 아닌가? 더욱이 김미연은 결국 며칠 내로 죽을 목숨이었을 것이다. 상혁은 이제 스승이 원망스럽기까지 했다.

"난 네가 지금이라도 책임을 다해주길 바란다. 나도 그럴 거야." 오기태가 조금 누그러진 어조로 말했다.

"교수님은 한 번도 실수하신 적 없습니까?" 상혁이 따져 물었다.

"이 자식아, 의사도 사람이다. 사람이니까 실수할 수 있어. 문제는 그다음이다. 실수에 따르는 책임을 다하며 반성하고 성찰해야 다음 실수를 예방할 수 있어. 그건 인명을 다루는 의사로서의 사명이야."

"전 그 뒤로 한 번도 실수한 적 없습니다."

"이건 살인이야!" 오기태가 단정 짓듯 말했고, 상혁의 가슴에선 격한 반발심이 불타올랐다.

"아뇨. 그저 실수에 불과합니다! 수술실에서 언제든지 일어날 수 있는! 심지어 한참이나 지난!"

오기태가 멍한 눈길로 천장을 올려다보며 말했다. "허망하구나. 네놈과 함께 해 온 세월이…. 결국 내가 괴물을 키우고 만 건가…." 오기태가 깊은 한숨을 내쉬고 나서 말을 이었다. "사람 몸을 가르고 머리를 열고 뇌를 들여다보고, 베고 찌르고 자르고, 사람 목숨을 죽이고 살리고 하는 일을 반복하다 보니, 네놈이 하느님이라도 된 것 같지? 내가 '그날' 포장마차에서 너한테 했던 말, 혹시 기억하고 있냐?"

물론 기억하고 있었다. 상혁의 환자가 처음 사망했던 날, 오기태는 상혁을 데리고 병원 인근 포장마차로 향했다. 서로 아무 말 없이 소주 두 병을 비우고서야, 오기태는 상혁의 어깨를 툭툭 치며 말했다.

"의사는 신이 아니라고 하셨죠. 인명은 하늘의 뜻이고, 그러니 우리 의사들은 최선을 다하는 게 전부라고도 하셨죠."

"그런데 넌 지금 신이 되려고 하는구나!" 오기태가 절망적으로 내뱉었다.

"저도 제가 그리 좋은 인간이 아니란 것쯤은 알고 있습니다. 하지만 그 정도는 아니죠. 미치지 않고서야 어떻게 감히 신의 영역을 넘보겠습니까."

할 말을 잃은 듯 잠시 침묵하고 있던 오기태가 다시 입을 열었다. "그래. 이제 어쩔 셈이냐?"

"제가 어떻게 하길 바라십니까?"

"자수해. 경찰에 가서. 이제라도 잘못을 바로잡아."

상혁은 스승의 가혹한 명령에 충격을 받았다. 이미 세월도 많이 지났고 깔끔하게 잊힌 사건에 그리도 엄격한 잣대를 들이댈 줄은 전혀 예상하지 못했다. 스승의 단호한 조치에 상혁은 그만 오기가 치밀었다.

"자수… 허. 이사장님과 상의해 보셨습니까? 이사장님께서 동의하시던가요? 부원장으로서 평생을 몸담은 병원에 대한 사명은 없으신 겁니까? 이제 곧 떠나는 마당에, 우리 명진의 자존심과 미래 따위는 상관없다 그거예요? 그런 겁니까, 부원장님?"

상혁이 시니컬한 태도로 말했다.

오기태가 물컵을 들더니 상혁의 얼굴을 향해 냅다 던졌다. 물컵은 벽에 부딪히며 산산조각이 났다. 상혁은 반사적으로 잔해를 피하면서, 오기태의 앞에 놓인 차트 파일을 힐끗 봤다.

"이 차트들은 어디서 나신 겁니까?" 상혁이 이성을 잡으며 말했다. 분명 전부 파기했는데 이렇게 남아있을 줄은 몰랐다.

"이놈이 아직도 정신 못 차렸구나. 그게 왜 중요하지?"

"혹시, 누구한테 얻은 겁니까?"

상혁은 문득 깨달았다. 오직 목표를 향해서 앞만 보고 달려가는 동안, 그의 등에 칼을 꽂으려는 무수한 적들이 맹렬히 추격해 오고 있었다는 걸. 이 사실을 아는 누군가가 더 있다면?! 누군가 꼭대기 층으로 향하는 엘리베이터에서 상혁을 끌어내리려고 한다면? 이대로 좌시해서는 안 될 일이었다.

"자리를 정리하다가 오래된 서류 박스 하나를 발견했어. 간호부에서 데이터들을 백업하는 용도로 인쇄해 뒀더군. 아직 나 말고 아무도 못 봤어." 오기태가 말하는 사이, 상혁의 등줄기는 식은땀으로 축축이 젖어들었다. '간호부에서 기록물들을 백업까지 해놨을 줄이야.' 통제 범위를 벗어난 리스크가 신경 회로를 타고 퍼지며, 상혁의 온몸에 경보를 울려 댔다.

"내가 먼저 발견한 걸 행운으로 알게."

"제가 교수님 말을 거부하면 어떻게 되는 겁니까?" 상혁이 말했다.

"정 그렇다면, 내가 직접 가서 신고하는 수밖에."

오기태가 당장이라도 경찰서에 갈 것처럼 다시 파일을 챙겨 가방에 넣고 외투를 챙겨 입었다. 상혁의 속이 철렁 내려앉았다. 이렇게 허무하게 끝낼 순 없었다. 이제껏 공들여 쌓은 것들을 무너지게 두고 볼 순 없었다. 상혁이 다급하게 그의 외투 자락을 잡고 늘어졌다.

"시간을 좀 주십시오. 먼저 한나 씨와 얘기를 좀 해 봐야 할 것 같습니다." 상혁이 무릎을 꿇고 고개를 떨구었다. 다다미 바닥으로 눈물이 후두둑 떨어졌다. "결혼식이 이제 곧 한 달 앞인데. 저 혼자 결정할 수 있는 일이 아닙니다."

"…그래." 오기태가 수긍이 간다는 듯 고개를 끄덕하며 말했다.

"그럼 내일 출근 전까지 결정하고 연락해."

상혁이 흐느끼며 손등으로 눈물을 훔쳤다.

오기태가 무너지는 얼굴로 다가오더니 상혁의 어깨에 손을 얹었다. "이 친구야, 이게 끝이 아냐. 제대로 죗값 받고, 김미연 씨 가족들에게 용서 빌고, 책임을 다하고 나온다면 다시 명진으로 복귀할 수 있어. 얼마 안 가 명예도 회복할 거고. 나도 최선을 다해 돕겠네."

스승의 다독거림에 상혁은 아무런 대꾸도 하지 않았다.

"그럼 나는 먼저 일어나겠네."

상혁의 어깨를 툭툭 친 오기태가 일본식 미닫이문을 드르륵 밀고 밖으로 나갔다.

상혁은 어린아이처럼 바닥에 벌러덩 드러누운 채 망연자실하게 천장을 바라봤다. 격자무늬의 벽지들이 어지럽게 흩어졌다가 모였다가를 반복했다.

줄 끊어진 번지점프대에서 뛰어내리는 기분, 그저 막막할 따름이었다.

2장

명진의료원 부원장 겸 신경외과장

오기태

2

02-11 PM 7:51

 승용차에 오른 오기태는 바로 출발하지 못하고 고민에 잠겼다. 그가 잡고 있던 운전대를 꽉 움켜쥐더니 이마를 쿵 박았다. 재차 박고 또 박았다. 얼얼해진 이마보다도 찢길 듯한 가슴의 고통이 더욱 컸다.
 "이 바보 같은 녀석아, 어쩌자고… 어쩌자고 이런 짓을…!"
 상혁이 책임을 부정한다 해도 경찰은 기소 의견으로 사건을 검찰에 송치할 것이다. 죄목은 업무상 과실 치사상죄가 되겠지. 그 과정에서 오기태도 참고인 조사 정도는 각오해야 할 것이다. 그 정도 각오쯤은 되어 있었다. 상급자로서 사고를 막지 못한 책임을 통감했으니까. 보통의 윤리 감각을 지닌 사람이라면 이런 일에 괜히 엮이고 싶어 하지 않는다. 행여나 귀찮은 일에 휘말릴까 싶어 꼬리 자르듯 선을 그어 버리는 게 일반적인 반응이다.

하지만 오기태는 달랐다. '자기와는 상관없다고 치부해도 좋을' 그 사건이, 그냥 넘어가선 안 되는 책임의 무게로 다가왔다.

오기태는 환자의 건강과 관련한 모든 책임은 전적으로 의사에게 있다고 생각했다. 그러나 실제 의료 현장은 달랐다. 의료 과실이 발생하면 상당수 의사는 책임을 축소하거나, 여의치 않으면 하급자에게 전가하는 데 익숙했다. 더 나아가 의사 사회 내부에서는 불법 행위나 고의성이 없을 경우 형사 소추에서 면제되어야 한다는 자가당착의 공론까지 공공연히 오갔다. 오기태에게 그것은 도저히 용납할 수 없는 타락의 징후였다.

글쎄, 그런 인식 자체가 의사의 식업적 긴장이나 윤리적 민감도를 떨어뜨리는 요인 아닐까? 오기태는 그런 이기적 쟁점에 쉽게 편승해선 안 된다고 강조했다. 그보다 환자의 입장을 돌아보고 생명을 우선하는 관점으로 문제를 파악하라고 가르쳤다. 어쩌다 본인 실수로 빚어진 사고를 후배 레지던트나 담당 간호사에게 덮어씌우는 제자를 보면 불같이 야단치곤 했다. 상혁도 그런 적이 있었다. 오기태는 당장 간호사에게 사과하라고 불호령을 내렸다.

오기태는 이번 사건을 계기로 상혁에게 마지막 가르침을 주고 싶었다. 상혁이 의사의 양심, 책임과 의무를 새롭게 인식하고 실력과 인성까지 갖춘 의사로 거듭나 주기를 바랐다. 그랬기에 오기태는 상혁이 스스로 자수를 결심해 주길 바랐다. 상혁의 예비 신부 이한나도 그런 상혁을 이해하고 품어 주길 기대했다.

"하필 결혼을 코앞에 두고…." 오기태가 통탄하듯 중얼거렸다. 거친 분노만큼 절절한 안타까움이 느껴지는 것은 인간으로서 어쩔 수 없는 감정이었다. 그만큼 상혁은 오기태에게 자식과 같은 애틋한 존재였다. 상혁의 예비 신부인 한나 역시 그와는 삼촌과 조카 같은 사이였다.

이사장 이준모의 외동딸인 이한나의 나이는 서른넷, 상혁은 서른아홉이다. 둘 다 서울대를 나온 수재형 인간이었다. 수재는 수재를 알아본다. 다른 수재와의 교류와 결합을 통해 자신의 역량을 업그레이드하는 능력도 탁월하다. 그런 점에서 상혁과 한나의 첫 만남은 운명적인 구석이 있었다. 안면을 튼 지 얼마 되지 않아 육체와 영혼의 결합으로 나아가는 것은 결말이 예정된 러브스토리처럼 자연스러웠다.

타고난 유전자를 물려받은 한나는 날 때부터 부모의 무한한 애정과 교육열 속에 특별한 아이로 성장했다. 이사장 이준모와 술자리를 가질 때면, 매번 애정이 담뿍 담긴 눈길로 오기태에게 외동딸에 대한 자랑을 한껏 늘어놓았다. 오기태 역시 날 때부터 지켜본 한나가 마치 가까운 친조카처럼 살가웠다. 이준모는 이 고명딸을 자주 병원에 데려왔고, 한나가 의학도의 길을 걸어 훗날 명진의 후계자로 성장해 주기를 바랐다.

하지만 한나는 사춘기의 반항을 겪으면서부터 아버지가 그려준 인생의 지도를 수정하고 싶어 했다. 모든 게 풍족하고 원하는 건 뭐든 다 가질 수 있는 환경이었지만, 한나는 알 수 없는 마음의 결핍을 느꼈던 것 같았다. 이준모는 그 결핍의 이유를 짐작조차 할 수 없었다.

한나는 사이언스 픽션의 세계에서 결핍을 메우며 새로운 가능성을 탐색했다. 꿈과 상상의 영역에서 공학도의 길을 환히 비춰주는 등대를 발견했다. 그리고 결심했다. 한나가 외고에 입학하자 조급해진 이준모가 의대 진학을 강하게 압박했지만, 한나의 의지는 요지부동이었다.

이준모는 한나의 뜻을 존중해 주는 척하며 한 걸음 물러섰다. 한나는 여전히 그의 자부심이었고 가문의 빛이었다. 이후 한나가 한 계단씩 올라설 때마다 보여준 성취는 매번 주위의 찬탄을 받을 만큼 화려했다. 그걸 지켜보며 이준모도 딸의 뜻을 꺾지 못한 굴욕감을 씻어냈다.

한나는 서울대에서 컴퓨터공학을 전공했다. 이듬해 카이스트 인공지능대학원에 진학했고, 석·박사 과정까지 마쳤다. 현재 '의료 인공지능'을 주제로 한 학위논문을 준비 중이다. 공학과 의학을 접목한 자기만의 길을 개척하며 결국 아버지의 소망을 이뤄준 셈이었다. 이준모는 오기태에게 "가출한 아이가 돌아온 것 같다"고 말했다. 온 세상을 가진 기분이었을 것이다.

한나가 연구하고 있는 인공지능 의료분야는 거스를 수 없는 미래였다. 명진의료원에서도 발 빠르게 연구소를 설립했고, 이한나가 팀장을 맡았다.

한나가 연구팀을 꾸리고 첫 회의를 열던 날, 이준모는 병원의 전 직원에게 특별 보너스를 지급했다. 직급에 따라 차등을 두었지만, 예상보다 후한 금액이 직원들 계좌에 꽂혔다. 과중한 업무에 따른 불만과 스트레스를 한 방에 날려버린 이사장의 통 큰 행보였다. 거대한 돈의 위력이 온 병원을 들썩거리게 했다. 돈보다 강력한 마취제가 있을까. 돈보다 효과적인 스테로이드가 있을까. 이준모는 그걸 잘 알았다. 그 힘으로 명진가의 성곽을 쌓아 올린 인물이었으니까.

당연히 병원 전체가 축제 분위기였다.

"웬일이시래. 우릴 마치 병원 소모품 취급하시던 분께서 이런 극진한 보상을?"

"아무튼 결론은 우리 이사장님 최고!"

다들 이사장의 선심성 행보에 찬사를 늘어놓았다. 팀장급을 중심으로 업무에 대한 의욕을 새롭게 다지는 장면이 곳곳에서 연출되었다. 그 과정에서 병원의 새로운 인재로 불쑥 등장한 이한나의 존재가 자연스레 부각되었다.

'인공지능 의료기술' 팀은 명진의료원 미래 비전을 주도해 나갈 인재들이었다. 이 팀을 이끄는 핵심 인재가 바로 이사장의 딸 이한나라는 것. 이 사실을 전 직원이 주목하게 되었다. 사실 이준모의 노림수도 여기에 있었다. 전 직원에게 병원의 미래 권력인 딸의 존재를 인식시키는 특별 이벤트가 필요했던 것이다.

상혁도 뇌신경학자로서 이한나 랩(Lab)에 참여하고 있다.
인공지능 신경망은 결국 인간의 두뇌에서 해답을 찾을 수밖에 없다. 뇌신경학자와의 컬래버레이션을 통해 답을 찾아가야 한다. 그걸 모를 리 없는 이한나가 오기태에게 신경외과의 적절한 인재를 추천해 달라고 요청했다. 오기태는 신종수를 염두에 두고 그를 호출했다.
그런데 사무실 문을 열고 들어온 건 상혁이었다.
"차 교수가 웬일이야?" 오기태가 물었다.
"제가 가겠습니다."
"어딜?"
"인공지능 연구소요. 서운합니다, 교수님. 그런 일이라면 먼저 저와 상의하셔야 하는 거 아닌가요?"
'이놈 봐라.' 상혁의 당돌한 태도에 오기태는 뜨악한 기분이 들었다. 하지만 맞는 말이었다. 신경외과를 진두지휘하는 건 상혁이었으니까.
"종수는 지금 전문의 자격 2차 시험 준비 중이에요."
"아, 그랬나? 언제지?"
"보름 뒤요. 수술 경험도 더 쌓아야 하고, 여유가 없을 겁니다."

"차 교수는 괜찮고? 자네야말로 여유가 있겠어? 거의 매일 수술 스케줄이 풀(full)로 잡혀 있잖아?"

"할 수 있습니다. 외래진료 줄이고, 신종수도 이제 간단한 수술 정도는 집도할 수 있으니까요."

"괜찮을까? 차 교수, 너무 무리하는 것 같은데."

"괜찮습니다."

"암튼 생각해 보겠네. 그래도 혹시 모르니, 자네 말고 누구 추천할 만한 사람 생각해 둬." 오기태가 권위적인 목소리로 말했다.

상혁의 표정이 일순 어두워졌다.

오기태는 상혁을 추천할 생각이 전혀 없었다. 이한나 랩의 연구보다 당장 수술을 앞둔 환자들이 우선이라 판단했기 때문이다. 상혁이 차출되면 신경외과 수술 스케줄에 차질이 생긴다.

다음날 오기태는 상혁이 수술을 마치고 휴게실 소파에 반듯한 자세로 앉아 태블릿 화면을 보고 있는 걸 발견했다. 오기태가 가까이 다가가는 것도 알아차리지 못한 채 무언가에 열중해 있었다. 오기태도 상혁의 어깨 너머로 태블릿에 뜬 텍스트를 확인했다. 전자책을 읽고 있는 것 같았다.

국내외의 SF 명작과 베스트 셀러를 요약해서 소개하는 책이었다.

"우리 차 교수가 그런 쪽에도 관심이 있었나? 의외로군." 오기태가 태블릿 화면에 시선을 둔 채 말을 건넸다.

"AI 공학자들과 소통하려면 이 정도 교양과 상식은 갖춰야 할 것 같아서…. 근데 언제부터 거기 계셨어요?" 상혁이 힐끗 돌아보며 말했다.

"너무 앞서가는 거 아냐? 아직 결정된 게 없는데."

"벌써 이한나 팀장님 개인 메일로 지원서 보냈어요."

"뭐어?"

"죄송합니다. 미리 말씀드리지 못해서."

오기태가 언짢은 목소리로 물었다. "자네 말야, 다른 의도가 있는 건 아니고?"

"무슨 말씀이세요?"

"이한나 팀장이 SF 매니아라는 건 어떻게 아셨나?"

"오! 정말요? 그건 정말 몰랐는데요? 이거 더 의욕이 생기네요." 상혁이 처음 듣는 얘기라는 듯 말했다.

상혁의 능글맞은 태도에 오기태는 약이 올랐다. 거짓말이라는 게 훤히 들여다보였다. 녀석은 병원 홍보팀이 운영하는 메타 또는 인스타그램 계정을 통해 이한나의 흔적을 발굴하고 급기야 개인 SNS 계정까지 알아냈을 것이다. 놈은 이미 한나에 대해 많은 걸 파악하고 있었다. 자기만의 계획을 착착 진행하고 있었.

상혁의 로맨틱한 접근에 이한나가 넘어가는 건 시간문제였다. 그녀가 지원서를 검토했다면 이미 마음을 굳혔는지도 몰랐다. 어차피 그렇게 될 운명이라면, 순수한 사랑으로 맺어지기를 바랄

뿐이었다.

　결과는 오기태의 예상대로 흘러갔다. 저녁 무렵, 한나에게 전화를 걸었는데 받지 않았다. 곧장 엘리베이터를 타고 연구소가 있는 별관 3층으로 향하자 로비에 두 사람이 있었다. 둘은 아주 친밀한 사이처럼 다정하게 마주 보고 앉아 대화를 나누는 중이었다. 상혁의 얼굴을 바라보는 한나의 입가에 싱그러운 미소가 어른거렸다. 단단히 매혹된 표정이었다.

"역시 남자는 얼굴인가? 나참. 허허."

　오기태도 이쯤에서 인정할 수밖에 없었다. 괜찮은 그림, 잘 어울리는 커플이었다. 상혁은 이제 오기태의 통제권에서 완전히 벗어나 버렸다. 미래의 비전이 상혁을 향해 미소 짓고 있었다. 오기태는 자신의 시대가 서서히 저물어 가고 있다는 걸 새삼 깨달았다. 나쁘지 않았다. 상혁은 오기태의 의학적 클론이나 다름없었다. 오기태는 자신이 병원을 떠난 뒤에도 스승의 유지를 물려받아 의사로서의 사명을 다할 상혁을 상상했다. 그의 옆에는 든든한 후원자이자 아내인 이한나가 있다. 둘이 힘을 합쳐 신경외과의 미래를 밝히고 명진의 밝은 앞날을 떠받칠 수 있다면 오기태로서도 더 이상 바랄 게 없었다. 그렇게만 된다면 제법 잘 살아온 인생이라고 자족할 수 있을 것 같았다.

　2년 간의 열애 기간을 거쳐, 차상혁과 이한나의 결혼식이 이제

약 한 달 앞으로 다가온 시점이었다. 삶의 중대한 전환점을 앞둔 시점에서 상혁은 과연 어떤 선택을 할까? 상혁은 과연 자신의 치명적 실수를 한나에게 솔직히 털어놓을 수 있을까? 상혁의 천재성과 수술 성공률은 한나의 사랑을 얻고 장인이 될 이준모의 신임을 얻을 수 있었던 결정적 요인이었다. 그가 별 볼 일 없는 배경을 가진 천애 고아인 것도, 오로지 그 비전 하나로 상쇄되었다. 만약 그의 비밀이 세상 밖으로 드러난다면, 그래서 숨어있던 적들이 이때다, 하고 덤벼든다면, 그 비전은 가뭇없이 흔들릴 것이다. 아무리 낙관적으로 바라본대도 결혼 계획에 차질이 빚어질 확률이 높다. 상혁 본인은 분명 그렇게 판단할 것이다.

'과연 이준모 이사장이… 그렇게 되도록 둘까?'

오기태의 속이 싸늘하게 식어갔다. 차상혁은 명진의료원의 대외적 이미지를 상징하는 간판스타 의사다. 더욱이 이준모의 예비 사위로 세상에 널리 공표되어 있다. 그는 명실공한 명진의 현재이자 미래인 것이다. 그런 상혁이 맥없이 무너지는 모습을, 이사장이 가만히 두고볼 리가 없었다. 오기태가 아는 이준모는 오직 명진의 이익만을 좇는 타고난 장사꾼이었다. 절대로, 절대로 그냥 둘 리가 없다. 명진에 위협이 되는 일이라면 그 어떤 희생도 불사해서 막아설 것이다. 심지어 그것이, 누군가의 죽음일지라도.

죽음? 오기태는 순간 자신이 너무 앞서간 건 아닐까 고개를 흔들었다. 하지만 이사장의 선득한 눈빛이 떠오르자 부정하지 못했다. 가진 게 많고 지킬 게 많은 자들이 생각하는 정의는, 셀 수 있는 숫자였다. 그들은 이 의료사고의 주범을 얼마든지 다른 이로 둔갑시켜 버릴 수 있었다. 명진의 막강한 법무팀이라면 충분히 그러고도 남았다. 그사이 무고한 생명들이 희생될지도 모른다. 진짜로 살인이 일어날지도 모를 일이었다.

그냥 타협해야 할까…?

오기태는 감은 눈을 부릅떴다. 아니, 그럴 수는 없었다. 이미 진실을 들었고, 내막을 알아버렸다. 의사로서, 스승으로서, 결코 눈 감을 수 없는 일이었다.

오기태는 시동 버튼을 누르고 히터를 켰다. 2015년형 에쿠스 V6의 묵직한 배기음이 들려오더니 금방 사라졌다. 오기태는 자신에게 주어진 책임과 의무를 다하기로 결심했다. 그 와중에 아무도 다치지 않는 방법을 찾아야만 했다.

02-11 PM 9:24

시야가 흐렸다. 진눈깨비라도 내릴 것처럼 흐린 날씨였다. 아주 서글프고, 절망스럽고, 화도 나고, 무려하고 고독한 밤이 될 것 같았다.

야외 주차장을 벗어나면서 오기태는 상혁의 차량을 언뜻 발견했다. 이사장이 약혼 기념으로 선물한 신형 벤츠 지바겐 G63이었다. 놈은 여태껏 안에서 뭘 하던 걸까? 고개를 떨군 채 앉아 있으려나. 오기태는 짐작했다. 그래, 녀석도 괴로울 테지. 지금쯤이면 자신이 한 일을 뼈저리게 후회하고 있을 것이다. 오기태는 비통한 마음으로 가속 페달을 밟았다.

저 멀리 우뚝 솟은 명진의료원이 오기태를 감시하듯 내려다보고 있었다. 오늘따라 유독 거대하고 위압적인 명진의 그림자에서 벗어나고자, 오기태는 엑셀러레이터를 힘껏 밟았다. 심장이 한껏 오그라드는 기분이었다.

에쿠스가 4차선 도로에서 벗어나 한참을 달린 끝에 한석한 주택가 골목으로 진입했다. 저 골목 끝자락에 오기태의 2층 단독주택이 있었다. 10여 년 전 아내와 이혼하고 혼자 지내고 있는 집이었다. 달랑 하나 있는 아들놈은 스탠퍼드대에서 경영학 박사학위를 취득하고 뉴욕에 있는 한 투자운용사에서 직장 생활을 하고 있었다.

전조등 불빛에 비친 골목은 언제나처럼 적막했다. 오기태는 인적 없는 골목의 적막과 평화로운 분위기를 좋아했다. 그가 혼자 지내기에는 버거울 정도로 넓은 집을 떠나지 못하고 눌러앉아 살게 된 이유이기도 했다.

에쿠스가 오기태의 집으로 이어진 언덕길 초입에 다다랐다. 도로 왼쪽에는 시멘트 블록으로 쌓아 올린 벽체가 높이 서 있었고, 오른쪽 언덕 아래는 석축으로 되어 있었다.

에쿠스가 막 언덕길에 진입하려는 찰나, 오기태는 순간 주변이 좀 환해진 걸 느꼈다. 그 순간 뒤에 있는 차량의 전조등 불빛이 왼쪽 벽체를 비추는가 싶더니 갑자기 맹렬한 속도로 달려들었다.

그러고는 쿵! 둔중한 타격이 에쿠스 꽁무니를 들이받았다. 그 충격으로 오기태는 좌석에서 튕겨나 앞유리에 머리를 박고 말았다. 안전띠가 풀려버린 탓이었다. 하도 정신이 없어 안전띠를 제대로 매지 못한 것 같았다.

어떤 놈이 급발진이라도 일으킨 걸까? 앞유리에 머리를 받힌 순간 오기태는 심각한 뇌 손상을 입은 것 같다는 자가 진단을 내렸다. 응급조치가 절실한 순간이었다. 오기태는 사고를 낸 운전자가 의식을 잃지 않았기를 바랐다. 그가 얼른 정신을 차리고 119에 응급구조 요청을 해주기를 바라는 수밖에 없었다. 의식이 점점 흐려지고 있었다. 뇌가 부어오르기 시작한 게 틀림없었다. 뇌혈관이 터졌을지도 몰랐다.

다행히 사고 운전자가 도어를 열고 나와 에쿠스 운전석 쪽으로 다가왔다. 오기태는 가까스로 입을 움직여 "살려달라"고 말했다. 그러면서 가늘게 뜬 눈으로 상대방을 확인하려고 애썼다. 그 순간 오기태는 섬찟한 기시감에 사로잡혔다. 최고급 감색 맞춤 슈트, 에르메스의 오렌지빛 실크 넥타이, 파텍 필립의 한정판 시계,

새하얀 수술 장갑을 착용한 손, 매끈하고 단정한 얼굴선…. 맙소사! 사고 운전자는 바로 상혁이었다.

고의 사고다. 이놈, 이놈이… 살의를 품고 있다. 놈이 완전히 미쳐버렸다. 오기태의 기대에서 완전히 벗어나, 독자적으로 급발진을 해버렸다.

오기태는 가까스로 손을 뻗어 간절한 표정으로 말했다. "이 자식아, 이렇게까지 가면 안 돼. 이렇게까지…!" 하지만 목소리는 입 밖으로 새어 나오지 못했다. 그사이 상혁은 옆좌석에 놓인 서류 가방을 열고 안을 뒤적거리더니 문제의 파일을 꺼내 외투 주머니에 꽂아 넣었다.

"그러게 왜, 왜 그러셨어요. 교수님이 저를 막다른 길로 내보셨어요. 다 지난 일을, 그냥 묻어두면 될 일을…." 상혁이 앞유리와 뒷유리에 부착된 블랙박스를 챙기며 중얼거리듯 말했다.

"저는 명진을 사랑합니다. 동시에 뼛속 깊이 증오해요. 제 어머니를 살리고 죽인 병원이니까요. 그래서…." 상혁은 숨을 한번 크게 흡 들이켰다. 마치 마약을 흡입하는 중독자처럼 상혁의 동공은 한껏 풀려있었다. 이미 상혁에게 이성이란 건 존재하지 않아 보였다.

"그래서! 저는 명진을 가져야겠어요! 그러니깐 교수님이 저 좀 한번만 봐주세요. 아무리 교수님이라도 제 앞길을 막아서면 용서 못 해요. 이해하시죠?"

차가운 아스팔트 위 누워 있는 오기태를 향해 상혁이 정중하게 고개를 숙였다.

"잘 가세요, 오기태 교수님. 그동안 감사했습니다."

죽어가는 스승을 남겨두고 자신의 차에 오른 상혁이 곧장 차를 돌렸다. 상혁의 지바겐이 빠르게 골목의 어둠 속으로 자취를 감췄다.

차츰 의식을 잃어가면서 오기태는 상혁의 병든 뿌리에 깃든 종양을 제거하지 못한 걸 뼈저리게 자책했다. 야심에 점령당한 놈의 영혼은 오기태의 예상보다 훨씬 심각하게 망가져 버린 것이다.

차상혁은,

괴

물

이

다

13년 전, 오기태가 주임교수를 맡고 있을 당시 그는 신경외과 지원자 3명을 따로 불러 차를 마시며 면담하는 시간을 가졌다. 오기태가 쓸 만한 재목을 발탁하는 나름의 방식이었다.

세 번째로 불려 온 지원자는 상혁이었다. 세 명 중 유일하게 명진의과대학이 아닌 서울대 의과대학 출신의 외부 지원자였다.

"학부 시절 내내 1, 2등을 했고, 어이쿠야, 심지어 수석으로 졸업했군 그래? 근데 이렇게 좋은 성적표를 가지고 성형외과나 피부과엘 가지, 왜 노가다판인 신경외과에서 창창한 청춘을 썩히려고 하나?"

"돈 버는 덴 관심 없습니다."

"그럼 뭐에 관심 있는데?"

"생과 사를 가르는 일이요." 상혁이 단정하게 말했다. "저는 죽음을 뒤쫓아 가서 돌려세워 놓고 똑바로 마주하고 싶습니다. 생과 사를 가르는 결정을 내리고, 그 싸움의 한복판에 뛰어들고 싶습니다. 신경외과야말로 삶과 죽음의 경계에 밀접하게 연관 되어 있는 분야 아닙니까?"

"아이고, 지겨워라." 오기태가 껄껄 웃어 젖혔다. 의도적으로 상혁을 당황하게 만들려는 것 같았다. 하지만 상혁은 그리 당황하는 기색이 아니었다. 이쯤 되니 오히려 오기태가 당황스러울 지경이었다.

"그런 모범생 같은 답변 말고 없나? 자네 얼굴처럼 근사하고 참신한 거 말야."

"음… 사실 전 인간의 마음에 관심이 많습니다." 이제야 꺼내놓은 상혁의 본심에, 오기태가 솔깃한 얼굴로 상체를 앞으로 기울였다.

"인간의 마음?"

"네. 인간의 마음이라는 건 사실 존재하지 않는 개념입니다." 상혁은 거침없이 말했다. "우리가 마음이라 부르는 건, 전기적 신호와 신경전달물질이 만든 일종의 착각이죠. 쾌락, 윤리, 신념, 충동, 자책감 같은 것들 말입니다. 저는 그 회로를 읽고, 해부하고, 나아가 설계할 수 있는 의사가 되고 싶습니다." 상혁은 의견을 이어가면서 점점 흥분에 휩싸였다. "뇌의 특정 영역을 자극하면 공격성도, 복종도 얼마든지 유도할 수 있어요. 즉 인간의 마음을 읽고 지배할 수 있게 되는 것이죠. 현대 신경외과는 뇌종양이나 외상만 다루지 않습니다. 저는 인간이라는 존재를 가장 심층적으로 설계할 수 있는 학문이 신경외과라고 믿습니다. 어떤 윤리적 방식이든, 그것이 인간을 더 높은 차원으로 이끌 수 있다면, 그건 정당한 일이라고 생각합니다."

오기태는 눈을 가늘게 뜨고 새삼 상혁을 바라보았다. 아직 앳되지만 반듯한 이목구비와 고급스러운 지성미, 품격 있는 태도에서 흐르는 은근한 관능미는 누구라도 마음을 빼앗길 만한 외모였다. 그러나 오기태는 뭐라 설명할 수 없는 불편한 감각을 느꼈다. **투명한 흑갈색 눈동자 안으로 깊이 감춰 둔 슬픔, 그 너머에서 번뜩이는 어떤 류의 광기.**

틀림없이 언젠가 본 적 있는 눈빛이었다. 하지만 도무지 떠오르지 않았다.

뭐가 됐든 확고한 목표와 이상을 가슴 깊이 품고 있는 녀석인 건 확실했다. 물건이 될 것 같은 인상을 받은 것도 사실이었다.

"마지막 질문. 우리 명진의료원을 선택한 이유는 뭔가? 서울대 출신들은 강남 재평병원을 1순위로 꼽지 않나?"

"저희 어머니께서 오래전 이 병원에 입원하셨어요. 그래서." 상혁의 얼굴이 일순 차가워졌다.

"그렇군. 뜻깊은 일이네. 그래서 어머니는 건강하신가?"

"수술 후 합병증으로 돌아가셨습니다." 상혁은 그 말을 끝으로 굳게 입을 다물었다. 오기태도 더는 묻지 않았다.

상혁이 명진의 대체 불가한 산판으로 사리매김하던 즈음, 오기태는 그 오래전 면접 때 느꼈던 기시감의 정체를 깨달았다. 상혁의 어머니는 명진의료원에서 중증 수술을 받고 회복하던 중, 병원비가 연체되며 결국 침상을 빼앗긴 환자였다. 그제야 신경외과 의국 한복판에서 "우리 엄마를 살려달라"고 바락바락 소리치던 앳된 소년의 얼굴이 어른 차상혁의 얼굴 위로 겹쳐졌다.

왜 하필 어머니를 죽음으로 몰아넣은 병원에 제 발로 걸어 들어온 거냐고, 더욱이 그 병원 주인의 사위가 되려는 건 어떤 마음이냐고, 그때 상혁에게 제대로 물어봤어야 했을까. 그랬다면 지금 이런 파국까지 치닫진 않을 수 있었을까. 상혁은 '마음을 잃은 괴물'이 되지 않을 수 있었을까.

마지막 의식을 놓기 직전 오기태는 회한의 눈물을 흘렸다. 이내 오기태의 시야가 서서히 어두워졌고, 끝내 완전히 의식을 잃었다.

3장

뇌사판정위원회

3

02-11 PM 11:34

　오기태는 사고 후 두 시간도 더 지나서야, 현장을 지나던 50대 초반의 중년 남자에게 발견되었다. 의식을 완전히 잃어버린 상태였다. 정수리에서 흘러나온 핏물 한 줄기가 이마를 거쳐 콧등, 인중, 턱밑으로까지 이어지며 데칼코마니처럼 얼굴을 갈라놓았다. 얼굴을 반으로 가른 붉은 핏줄의 경계선은 마치 이승과 저승의 경계처럼 섬뜩했다.
　남자는 119 상황실 직원에게 최선을 다해 상황을 설명했다. 그리고 구급 차량이 도착할 때까지 통화를 이어가며 오기태의 곁을 지켰다. 어느새 눈발이 굵어지고 있었다. 잿빛의 눈송이들이 에쿠스의 검은 차체에 부딪혀 너저분하게 얼룩졌다. 그렇게 5분여의 시간이 흘렀을까. 구급 차량이 응급 사이렌을 앞세우고 도착했다. 남자는 아직 골든 타임이 지나지 않았기를 간절히 바라는 심정이었다.

오기태는 명진의료원으로 실려 갔다. 정신을 놓기 직전까지 다른 병원으로 이송되기를 간절히 원했지만, 그의 바람은 끝내 이뤄지지 않았다. 구급대원 중 한 명이 오기태를 단박에 알아본 것이다. "부원장님? 오기태 부원장님, 제 말 들리세요?"

구급대원은 눈앞에서 죽어가는 환자를 가장 잘 치료할 수 있는 병원은 명진의료원이라고 판단했을 것이다.

이 소식은 삽시간에 병원 전체로 퍼졌다. 밤늦은 시각, 나른한 졸음에 잠겨 있던 병원이 코드 레드* 상황처럼 들썩거렸다. 마취과, 흉부외과, 신경외과, 방사선과 등 응급 환자 수술에 필요한 전문의들도 속속 병원에 도착했다.

그 시각 차상혁은 알리바이를 조작 중이었다. 오기태가 사망하고 나면, 마지막으로 만났던 상혁에게 가장 먼저 수사의 초점이 몰릴 것이 뻔했다. 오기태의 에쿠스를 들이받고 현장을 빠져나오면서, 그의 비상한 뇌는 빠르게 키보드를 두드렸다.

S#13. 차상혁의 차 안. 밤.

*코드 레드: 화재 발생 시 발령되는 응급 코드.

횟집에서 오기태 교수와 저녁 식사를 하고 주차장으로 나온 상혁, 벤츠 지바겐 G63을 타고 신혼집이 있는 옥수동 고급빌라촌으로 달려간다.

따뜻한 히터 바람에, 상혁의 눈이 서서히 감긴다. 빡빡한 수술 스케줄로 인해 그는 매일 과로 상태다. 끼익- 결국 인적 드문 공터에 지바겐을 세운다.

상혁, 시트를 뒤로 젖히고 40분 동안 쪽잠에 든다.

머리가 한층 맑아진 상혁, 다시 운전대를 잡고 차를 몰아간다. 카 오디오를 켜자, 때마침 바그너 오페라 〈로엔그린〉 3막에 나오는 '혼례의 합창'이 울려 퍼진다. 상혁이 허밍으로 합창을 따라 부른다.

행복감에 젖은 상혁, 미국에 출장 가 있는 약혼녀에게 전화를 걸기 위해 운전대 앞에 거치된 휴대폰에 손을 뻗는다. 순간, '쾅!' 하는 소음과 함께 차체에 전해지는 충격! 상혁의 지바겐이 눈길에 미끄러져 앞서가던 차량과 추돌하고 만 것이다.

에어백이 확 터지고, 공기주머니에 얼굴을 박는 상혁, 순간적으로 정신을 잃었다가 번뜩 정신을 차리고 안전 벨트를 풀고 도어를 연 다음 몸 상태를 점검한다.

다행히 중상을 입지는 않은 것 같다. 흉부타박상과 팔다리에 가벼운 찰과상을 입었을 뿐.

범퍼가 부서지고, 차체 앞쪽이 심하게 훼손된 지바겐과 앞서 달리던 피해 차량.

피해 차량 도어가 열리고, 30대 중반의 여자가 목덜미를 잡은 채 모습을 드러낸다.

차상혁은 자신에게 '혐의 없음'을 증명해 줄 시나리오를 구상했고, 그대로 실행했다. 상혁과 그의 지바겐은 그날 밤 두 명의 운전자와 두 대의 차량에 해를 가했고, 공식적으로 알려진 건 두 번째 사고뿐이었다.

상혁은 사고 피해자에게 용서를 구하고 충분한 보상과 배상을 약속했다. 상혁의 수려한 외모와 함께, 국내 최고의 병원으로 손꼽히는 명진의료원 신경외과 부과장이라는 사실이 피해자의 분노를 누그러뜨리는 요인이 되어 주었다. 교통경찰에게도 온전히 본인 책임이라는 사실을 순순히 인정하고 너그럽게 봐달라고 간청했다. 덕분에 사고 처리도 신속하게 이뤄졌다. 그러면서 시간을 한참 동안 벌었다.

상혁이 반파된 지바겐을 레커차 운전자에게 넘기고 있을 때 휴대폰이 울렸다. 신종수였다.

"교수님, 지금 빨리 좀 병원으로 오세요! 부원장님이 교통사고로 완전 의식 불명인데… 하아, 암튼 응급 상황이에요, 빨리 오세요! 빨리요!"

상혁은 온몸이 얼어붙는 것만 같았다. 응급이라면, 아직 살아있다는 뜻이었다. 예상 밖의 사태에 상혁은 마른 입술을 윗니로 무감각하게 씹어 댔다. 만에 하나 오기태가 깨어나기라도 한다면? 며칠 내 의식을 되찾고 모든 걸 까발린다면? 오차 없이 짜인 시나리오에 균열이 생겨버렸다.

상혁은 통제 불능의 현 상황에 극도의 스트레스를 느꼈다.

왜 운명은 내게 이런 시련을 내려주는 것인가. 왜 이토록 집요하게 나를 시험하는 것인가. 우악스럽고 커다란 손이 뇌를 무자비하게 짓누르는 듯한 감각이 엄습했다.

02-12 AM 02:29

상혁은 응급 수술이 적당히 끝날 시간에 맞춰 병원에 도착했다. 차선책을 모색할 시간도 필요했지만, 무엇보다 자신이 차로 들이받은 스승의 몸을 수술대 위에서 마주할 자신이 없었기 때문이다. 그 결과, 오기태의 수술은 차상혁이 아닌, 신경외과 써드(third)인 부교수 도현국이 집도하게 되었다.

신경외과 병동으로 들어서는 상혁의 걸음걸이가 점차 무거워졌다. 손발이 시체처럼 차갑게 식어갔다.

"교수님 오셨어요?" 상혁을 발견한 당직의가 지친 얼굴로 다가

왔다.

"어. 수술은 어떻게 됐어? 의식은?" 상혁이 물었다. 태연한 척했지만 심장이 터질 듯이 뛰었다.

"수술은 잘 됐구요. 의식은… 일단 중환자실로 가시죠. 도 교수님이 거기 계세요." 당직의의 말끝이 흐려지는 것을 본 차상혁은 그제야 한숨을 돌릴 수 있었다. 비짓 새어 나오는 쓴웃음을 삼킨 상혁은, 순식간에 절망의 가면으로 낯빛을 가리고 중환자실로 향했다.

상혁이 중환자실 문을 열고 들어서자, 대여섯 명의 의료진이 침대를 빙 둘러서 있다가 상혁에게 목례를 했다. 하나같이 초췌한 기색이었다. 그리고 그들 사이로 보이는 처참한 몰골의 환자는 바로 오기태였다.

"경막외혈종이었습니다." 오기태의 응급 수술을 집도한 도현국이 무겁게 말했다. 상혁은 아무 말없이 오기태의 뇌 CT 필름을 라이트박스에 비추었다. 상혁이 오기태의 뇌 CT 자료를 살피는 동안 다들 약속이나 한 듯 침묵했다.

경막외혈종은 뇌를 싸고 있는 바깥막(경막)과 두개골 사이에 피가 고이는 증상이다. 갑자기 혈액이 늘어나기라도 하면 뇌를 밀어내며 영구적 손상을 입힐 수도 있었다. 혈종을 수술로 제거해주면 환자의 의식이 돌아올 수도 있었다. 하지만 오기태가 병원에 도착했을 때는 이미 골든 타임을 넘긴 상태였다. 상혁에게는

천만다행인 상황이었다.

"혈종은 모두 제거했습니다. 그런데…." 도현국이 채 말을 끝맺지 못하자 신종수가 울음 섞인 목소리로 말했다.

"brain death suspected(뇌사 의증) 상태예요, 교수님." 신종수의 눈동자가 붉게 충혈돼 있었다.

상혁의 바람대로였다. 동공반사 소실, 자발호흡 소실, 의식 없음. 확실한 뇌사 상태였다. 법적으로 뇌의 죽음은 곧 개체의 죽음을 의미했다. 뇌사 판정은 사망 선고나 다름없었다.

뇌의 형상과 기능은 그리 단순하지 않다. 대뇌, 소뇌, 뇌간, 척수 등 여러 부위가 모여 하나의 뇌를 형성하고 있다. 신경 세포가 모여 있는 중추 신경계에 척수가 자리하고 있다. 등뼈 속에서 길게 뻗어 나온 척수 끝이 부풀어 뇌간이 되고, 그 위에 커다란 대뇌가 있고, 뒤쪽에는 소뇌가 있다. 이중 뇌간은 기본적인 생명 활동을 컨트롤하는 핵심 부위다. 호흡과 혈액 순환 등 살아가는 데 필수적인 기능을 담당하는 뇌가 바로 뇌간이다. 뇌사란 뇌의 핵심 부위인 뇌간을 비롯해 모든 부분이 죽은 상태, 모든 기능이 불가역적으로 정지돼 버린 상태를 말한다.

뇌사 상태에 이른 환자는 4가지 특징적인 증상을 보였다. 깊은 혼수상태에 빠졌고, 자발적 호흡이 불가능했다. 열린 동공은 고정돼 있었고, 뇌간반사 기능도 소실되었다.

4가지 증상이 확인되면 주치의는 추가로 뇌파 검사에 들어간다. 뇌사 상태에 이른 환자의 뇌파는 파동 없이 평탄한 선밖에 그리지 않는다. 검사는 30분 동안 연속적으로 기록하고, 6시간 뒤 같은 조건으로 실시하게 되어 있다.

02-12 AM 3:12

 의료진은 곧바로 뇌사 1차 판정 절차에 들어갔다. 4가지 증상에 변화가 있는지 다시 검사했고, 30분 동안 이어진 뇌파 기록도 직접 지켜봤다. 뇌파 기록에도 별 변화가 없었다. 뇌사가 거의 확실했다.
 "오기태 교수님 1차 뇌사 소견. 뇌사가 확실해 보임." 도현국은 비통한 얼굴로 뇌사 소견을 내렸다. 복도까지 가득 들어선 의사와 간호사, 환자들 사이에서 훌쩍거림이 터져 나왔다.
 한 발짝 뒤에서 이를 지켜보던 상혁의 무릎이 휘청하고 꺾였다. 억지로 짜낸 연기가 아니었다. 갑자기 들이닥친 불운에 대한 비관, 그리고 스승을 향한 원망과 죄책감이 뒤섞여 감정이 북받쳐 올랐다. 평소 어떤 상황에서도 냉철함을 잃지 않던 상혁이 무너져 내리는 모습에 의료진들은 모두 숙연해졌다. 사제간의 깊은 애도의 정이라고 믿은 것이다. 상혁은 곧바로 뒤돌아서 자리를 떴고, 도현국이 낮은 목소리로 담당 간호사에게 지시했다.

"코디네이터에게 연락해요."

환자가 뇌사 추정 상태에 이르면 주치의는 의무적으로 한국장기기증원에 보고해야 한다. 이때부터 주치의는 장기이식 코디네이터와 함께 기증 절차에 대해 논의한다. 보호자에게 연락해 기증동의서에 사인을 받고, 이후 장기이식에 따르는 모든 과정을 조율하며 진행하는 것도 코디네이터의 업무였다.

오기태는 장기 기증을 서약한 환자였다. 전에는 환자가 장기 기증을 원했더라도 보호자의 동의 없이는 기증 절차를 밟을 수 없었다. 지금은 법이 개정되어 굳이 보호자의 동의가 없어도 장기 적출을 위한 수술을 할 수 있게 되었다. 장기이식을 기다리는 무수한 환자들에겐 생명의 천사와도 같았다.

그래도 일단 가족에게 연락을 취해야 할 것이다. 오기태의 아내는 10년 전 이혼한 뒤 새로 가정을 꾸렸고, 연락이 닿는 가족이라곤 뉴욕의 한 투자전문회사에서 일하고 있다는 엘리트 아들이 유일했다. 연락처는 안민혜 비서가 알고 있을 터였다.

6시간 뒤에 하는 2차 판정이 남아 있지만, 오기태는 뇌사 상태에 빠진 게 확실했다. 그의 심장은 여전히 뛰고 있다. 그렇지만 그는 지금 죽어있다. 심장과 폐, 콩팥, 간 등의 주요 장기는 여전히 제 기능을 발휘하고 있으나 뇌가 더 이상 운용되지 않으므로 그는 살아있는 듯 보이는 죽은 인간이다.

종교적 시각으로 보면, 죽음은 영혼이 몸을 떠나는 것이다. 현대 의학은 뇌의 기능 여부로 죽음 여부를 판단한다. 뇌사 판정이 확정되는 시점부터 환자는 장기 기증자가 된다. 환자의 뇌는 죽었지만, 다른 장기들은 살아 있다. 반면 뇌는 정상이지만 다른 장기가 기능을 멈춘 환자들이 있다. 장기 기증자인 오기태의 몸은 이제 그런 환자들에게 새로운 생명을 나눠줄 중요 장기들을 일시적으로 보관하는 생체 캡슐이 된다.

중환자실에서 나온 상혁은 의국으로 갈지, 휴게실로 갈지, 아니면 사무실로 갈지 정하지 못해 갈팡질팡했다. 긴장이 풀린 탓인지 극심한 피로와 함께 온몸 곳곳에서 통증이 느껴졌다. 두 건의 교통사고 후유증이었다.
"괜찮으십니까? 교수님도 교통사고 당하셨다면서요?" 뒤따라오던 신종수가 걱정스레 물었다.
"아니, 난 당한 게 아니라 낸 거야. 내가 가해자거든."
"예? 아니, 어쩌시다가…."
"눈길에 미끄러지는 바람에 그렇게 됐어. 별일 아냐. 괜히 수선 피우지 말라고. 지금은 오 교수님한테 집중할 때야."
"별일 아니긴요. 꼭 검사받아 보셔야 합니다. 교통사고는 외상은 미비해도 생각보다 내상이 클 수 있기 때문에…."
"지금 교수인 나를 가르치는 거냐?" 상혁은 수척해진 얼굴로 힘없이 웃어 보였다.

"아, 죄송합니다." 신종수가 겸연쩍다는 듯 말했다.

"걱정해 줘서 고맙다, 종수야. 이따 꼭 검사 받아볼게."

상혁은 뒤에 있는 신종수에게 손을 들어 보이곤 어딘가로 걸어갔다. 상혁이 다다른 곳은 오기태의 부원장 사무실이었다. 계획에 없었지만 자기도 모르게 발길이 그리로 향한 것이었다.

안민혜는 일찍이 퇴근하고 자리에 없었다. 텅 빈 비서실을 지나쳐 들어간 상혁이 전등 스위치를 누르자 이내 부원장실이 훤히 열렸다.

〈부원장 오기태〉 오기태의 명패가 보이고, 책상 너머로 소박한 의자에 앉아 골똘히 뭔가 들여다보고 있는 오기태가 환영처럼 스쳐갔다. 오기태의 유령이 여전히 사무실을 지키고 있는 걸까? 상혁은 머리를 홱 내저으며 오기태의 환영을 밀쳐버렸다. 오기태는 죽을 것이다. 아니, 그는 이미 죽었다.

상혁은 문을 잠그고, 책상으로 뚜벅뚜벅 걸어가 오기태의 의자에 앉았다. 그가 사무실을 나가기 전까지 훑어봤던 공공의료 관련 자료들이 쌓여 있었다. 오기태 의료인생의 마지막 꿈과 소명이 밀린 업무처럼 책상 한쪽을 점령하고 있었다. 오기태의 죽음과 함께 날개가 꺾인 채 추락해 버린 꿈의 잔해였다.

상혁은 반드시 이 방의 주인이 될 거라고 다짐하곤 했었다. 상혁의 꿈은 그런 것이었다. 그날을 앞당기기 위해 차곡차곡 명성을 쌓아왔다. 마침내 그날이 코앞으로 다가왔지만 결코 이런 방식을 원한 건 아니었다. 늙고 병든 권력자가 물러가고 젊고 건강한 인물이 왕좌를 이어받듯 자연스러운 절차를 밟고 싶었을 뿐이다. 그렇게 될 거라고 믿었다. 그렇게 되어가고 있었다. 그런데 갑자기 이게 무슨 운명의 장난이란 말인가.

"교수님이 경솔하셨어요. 그래서 이렇게 되고 만 겁니다." 상혁이 오기태의 명패를 쓰다듬으며 건조하게 중얼거렸다.

25년 전, 휠체어에 시체 같은 어머니를 태워 쫓기듯 병원 문을 나설 때 잉태된 꿈이, 이제 태아처럼 출산을 기다리고 있었다. 태아의 발길질이 상혁의 심장을 북처럼 두들겨 댔다. 웅장한 북소리였다. 어느새 상혁이 직접 북채를 쥐고 둥, 둥 북을 쳤다. 북소리의 메시지는 이런 것이었다. '**여기서 더 나아가야 해. 명진의료원이라는 거대한 성의 주인이 될 때까지. 일단 결혼식만 무사히 끝나면, 너는 그토록 바라던 성에 입성하게 되는 거야.**'

상혁은 문득 한나를 떠올리고 가슴이 뜨거워지는 걸 느꼈다. 거친 욕망의 불길이 타오르고 있었다. 그녀를 보고 싶은 마음이 간절했다. 한나의 침대에 나란히 누워 한 차례 격렬한 정사를 나누고 난 뒤 그녀의 품에 안겨 푹 자고 싶었다. 그는 휴대폰을 꺼내 초기화면을 열었다. 한나의 얼굴이 활짝 웃으며 상혁을 반겼다. 그 위로 아직 확인 안 한 두 개의 문자 메시지가 떠 있었다. 한나가 보낸 메시지였다.

'자기, 괜찮아? 부원장님 상태는?'
'상황 정리되면 바로 연락해 줘'

불행 중 다행으로, 한나는 저번 주부터 미국 보스톤 출장길에 올라 있었다. 가장 친밀한 연인에게 이 불안하고 위태로운 심리 상태를 들키지 않기란, 아무리 상혁이라도 어려웠을 것이다. 상혁은 바로 한나에게 전화를 걸었다. 신호가 한 번 울리자마자 한나가 곧장 전화를 받았다.
"한나 씨. 지금 통화 돼?"
"응, 방금 점심 먹고 나오는 길에 최 팀장 통해서 소식 전해 들었어. 어떻게 됐어, 부원장님?"
"그게 좀… 아무래도 힘들 것 같아." 상혁이 어물거리며 말했다.
한나가 내뱉는 깊은 한숨이 그대로 들려왔다.
"뇌사 판정 절차 밟는 중이야."
"뇌사가 확실해?"
이번에는 상혁이 뜸을 들였다.
"내 소견으로는 확실해. 아침에 2차 판정을 해봐야지만, 결과는 같을 거야."
"믿기지가 않아. 뺑소니였다면서. 어떻게 이런 일이… 자기는 괜찮아?"
한나 특유의 경쾌하고 씩씩한 목소리에, 상혁은 신경이 느슨해지는 걸 느꼈다.

"나야 뭐… 지금 내 몸 생각할 상황도 아니고."

"그런 상황일수록 더 챙겨야지. 지금 그분 가족 다음으로 제일 힘들 사람이 당신인데. 어휴, 하필이면 내가 출장 중인 때에."

상혁은 대답하지 않고 짧은 숨만 내쉬었다.

"자기까지 무너지면 안 되니까. 식사도 거르지 말고. 1시간마다 꼭 스트레칭 하는 것도 잊지 말고. 알지?"

"응. 알았어."

한나가 망설이다가 조심스럽게 물었다. "근데 우리 결혼은 어떻게 해야 해? 미뤄야 하나?"

"그럴 필요가 있을까?" 상혁이 대답했다.

"교수님이 주례 서주시기로 했잖아?" 한나가 짐짓 심각한 목소리로 물었다.

"음… 글쎄. 아직 생각해 볼 겨를이 없어서."

"그러네. 내가 너무 이기적이었나?"

"아니. 이기적인 걸로 따지면 내가 자기보다 한 수 위야." 상혁은 책상에 놓인 오기태의 가족사진을 보며 작게 한숨지었다.

교수연구실로 돌아온 상혁은 접객 소파에 지친 몸을 뉘었다. 좀처럼 잠이 오지 않았다. 온몸이 녹아내릴 듯 피로했지만 머릿속은 온통 오기태로 들끓었다.

새벽에 행한 1차 조사에서는 다행히 이상 소견이 없었다. 혈액 검사, 복부 초음파, 엑스레이 촬영, 심장초음파 등 장기이식에 필요한 검사도 마친 상태였다. 장기이식 코디네이터가 그 결과를 국립장기조직혈액관리원에 보고했을 것이고, 그쪽 코디네이터는 기증자 정보를 먼저 확인한 다음 각 장기의 이식 대상자를 선정하는 작업을 진행하고 있을 터였다. 하지만 끝날 때까지 안심할 수 없었다. 언제라도 오기태가 깨어나 자신의 목을 움켜쥘 것만 같았다.

02-12 AM 09:23

6시간이 지나 절차대로 2차 조사가 시작됐다. 상혁은 2차 뇌사 조사를 앞두고 간단한 수술을 하나 소화했다. 그렇지만 여전히 그의 정신은 처음부터 끝까지 중환자실에 머물러 있었다. 상혁은 능숙하고 빠르게 수술을 마무리하고 곧장 중환자실로 향했다.

2차 조사는 1차 때와 다른 전문의가 하게 되어 있었다. 그래서 도현국은 서브로 살짝 물러나고, 신경과 과장인 이인환이 검진을 주도했다. 차상혁은 입구에 팔짱을 끼고 서서 이를 지켜보았다. 멀쩡한 척해 봤지만 두 다리가 육안으로 보일 만큼 후들후들 떨렸다.

결과는 1차와 같았다. 오기태는 착실히 예정된 죽음을 향해가고 있었다. 그새 의료진들 역시 단념한 듯 보였다. 정말 고지가 눈앞이었다. 이제 남은 건 단 하나, 뇌파 검사뿐이었다.

검사용 전극이 오기태의 두피에 부착되었다.

뇌파는 뇌신경 사이에 신호가 전달될 때 생기는 전기 흐름을 말한다. 뇌의 기능이 정지되면 뇌파도 나타나지 않게 되고, 기록지에 평탄한 선밖에 나오지 않는다.

EEG 체크 모니터 위에서, 오기태의 뇌파가 천천히 웨이브를 그리기 시작했다. 뇌의 호흡, 뇌의 숨소리가 거세된 평탄뇌파. 마치 자로 대고 긋는 듯 뇌파 선이 모니터 한복판을 가로지르고 있었다. '이제 정말 끝이구나.' 상혁이 속으로 안도의 탄식을 터뜨렸다.

"빛 반응 없습니다." 펜라이트를 들고 오기태의 동공을 들여다보던 이인환이 말했다. "각막반사도 없습니다." 옆에 있던 신경과 세컨드(second)가 덧붙였다.

폭풍처럼 몰아쳤던 각본이 막을 내리고 있었다. 상혁은 격정적으로 솟구치는 기쁨을 애써 누르며, 모니터를 무의식적으로 바라봤다. 그때였다.

EEG 모니터 위의 선이, 꿈틀거렸다.

순간 상혁의 머리털이 쭈뼛 솟았다. 심장이 요동치기 시작했다. 뇌파 반응이 있다. **오기태가, 죽지 않았다.**

"자, 그리고 이제 뇌파는…" 이인환이 상체를 곧추세워 고개를 돌렸다. 이내 모두의 시선이 모니터 쪽으로 향해 갔다.

"이인환 교수님?" 상혁이 별안간 큰 목소리로 이인환을 부르자, 의료진 전원의 시선이 상혁에게로 쏠렸다. 일촉즉발의 상황이었다.

"조금 전 동공 측정 때 두 번째 반사가 애매했던 것 같아서요. 한 번만 더 봐주시겠습니까?"

상혁의 말은 터무니없었다. 하지만 이인환은 그것을 절망 끝에 매달린 절박함으로 받아들였다. 그는 고개를 끄덕이고 다시 펜라이트를 들었다.

"네, 다시 확인하겠습니다." 주변 의료진들도 다시 오기태의 얼굴로 시선을 옮겼다.

그러는 사이 상혁은 빠르게 EEG 모니터를 눈으로 살폈다. 뇌파는 언제 그랬냐는 듯 평탄한 선으로 돌아갔다. 조금 전 그 찰나에 튀어오른 뇌파를 목격한 건 오직 상혁뿐이었다. 상혁이 거친 숨을 내뱉자 도현국이 상혁 쪽을 쳐다봤다.

"왜 그러세요?"

"아, 별거 아니에요. 가슴 쪽에 통증이 느껴져서."

도현국이 근심스럽게 상혁을 바라보았다. 이어 이인환도 상혁을 돌아보며 걱정스레 말했다. "괜찮다고 하지 말고 잠깐 어디 가서 좀 쉬고 오시죠. 앞으로 차 교수가 처리해야 할 일이 산더미처럼 많을 텐데….” 진심이 가득 담긴, 동지애가 느껴지는 목소리였다.

 “정말 괜찮습니다. 저 신경 쓰지 마시고 계속하시죠.” 상혁이 오른손을 들어 보이며 슬쩍 미소지었다.

 첫 번째 위기는 무사히 넘어갔다. 하지만 다음에 이런 일이 발생했을 때 또다시 무사히 넘기리란 보장이 없었다.

 이인환이 산소 호흡기를 떼고 오기태의 자발호흡 여부를 확인하는 절차에 돌입했다.

 이인환의 검사 과정을 지켜보면서 상혁은 목이 바짝 마르고 심장이 졸아드는 기분이었다. 마음 깊은 곳에서 수많은 갈림길이 펼쳐졌다. 양심과 야심, 사명과 사익, 의사로서의 소명과, 개인으로서의 생존 본능이 격렬하게 부딪혔다.

 고작 3초 정도였지만, 분명 오기태의 뇌에서 알 수 없는 에너지가 파동을 일으켰다. 오기태의 죽은 뇌의 일부가 아직 살아 있을 수도 있다는 가능성이었다. 상혁이 선택할 수 있는 마지막 기로였다.

 이윽고 이인환이 면봉을 오기태의 콧구멍에 넣고 살살 움직이며 간지럽히기 시작했다. 재채기를 유도해 뇌간반사 여부를 확인하는 절차였다.

 “이치!” 누군가의 재채기 소리가 터졌다. 순식간에 그 주변이 얼어붙었다. 상혁의 얼굴도 살얼음이 낀 듯 새파래졌다.

"죄, 죄송합니다!"

오기태가 아니었다. 재채기의 장본인은 따로 있었다. 신종수가 실습 나온 인턴의 정강이를 걷어찼다.

일말의 가능성이 있긴 했지만, 오기태가 뇌사 상태라는 사실은 점점 확실해지고 있었다. 하지만 그 '일말의 가능성' 때문에 상혁은 지금 불안을 떨치지 못하고 있었다.

뇌사에 빠진 환자가 회복되는 것은 불가능하다. 의학적으로는 그렇다는 말이다. 뇌가 죽으면 심장이 아직 뛰고 있더라도 2주 안에 정지하고 만다. 심장이 죽으면, 심장으로부터 혈액과 산소를 공급받아야 하는 다른 장기들도 제 기능을 잃고 만다. 그 장기들을 이식받게 될 환자들의 희망도 절망의 나락으로 추락하고 말 것이다.

의학적으로는 그렇지만, 가끔 의학적 판단을 넘어 기적적으로 되살아나는 환자가 있다.

2015년 2월, 18세의 건강한 고등학생이 승합차에 치여 머리를 심하게 다쳤다. 대학병원으로 이송돼 긴급 수술을 받았지만 결국 뇌사 상태에 빠졌다. 기관삽관을 하고 연명치료에 들어간 상태에서 주치의가 환자의 가족에게 말했다. "더는 할 수 있는 게 없습니다."

이후 장기이식 코디네이터로 일하는 간호사가 가족을 조용한 장소로 데려가 장기이식에 대해 조심스레 말을 꺼냈다. 아버지는 아들의 운명을 받아들였다. 하지만 어머니가 완강히 거부했다. 당시는 법이 개정되기 전이라 보호자의 동의 없이는 장기이식수술이 불가능했다. 어머니가 울음을 터뜨렸다. 간호사가 티슈를 뽑아 건넸다. 아버지가 아내를 설득해 보겠다며 시간을 좀 달라고 했다. 간호사는 도움이 필요하면 언제든 연락해 달라고 말하고, 정중히 고개 숙여 인사하고 물러났다. 그날 밤늦게 아버지가 간호사에게 연락을 해왔다. 어머니도 장기이식수술에 동의하기로 했다는 소식이었다.

이튿날 7시로 예정된 장기이식수술을 앞두고, 부모는 밤새 시간을 함께하며 작별 인사를 했다. 어머니는 산소 호흡기로 연명 중인 아들의 손을 잡고 제발 깨어나라며 빌고 빌었다. 그런데 어느 순간 환자의 상태 변화를 나타내는 모니터 속 그래프의 색이 갈색으로 바뀌었다. 뇌가 보내는 구조 요청이었다. 간호사는 기계 오류일 수 있다고 말하며 부모의 희망을 잠재웠다. 그런데 잠시 뒤 그래프가 또 한 번 갈색의 신호를 송출했다. 어머니가 "아이고, 부처님!"을 부르짖었다. 간호사는 직접 눈으로 확인하고서도 "말도 안 돼."라고 주절거렸다. "의사! 빨리 의사 불러요!" 아버지가 간호사를 다그쳤다.

헐레벌떡 달려온 의사도 당혹스러워했다. 여러 의사와 검시관으로부터 뇌사 판정을 받았던 환자가 정말 깨어났다. 환자가 사자와의 씨름에서 한판 뒤집기로 판세를 뒤집은 결과일까. 아니면 어머니의 간절한 기도가 사자의 발걸음을 되돌리게 한 걸까. 어떻게 그런 일이 가능한지, 의학적 관점으로 설명할 수 없는 일이었다.

"이게 뭡니까? 설명해 보세요." 따져 묻는 아버지의 눈동자에 분노가 이글거렸다. "글쎄요. 기적이라고 말할 수밖에…." 당직의가 말을 끝맺기도 전에 아버지가 멱살을 틀어잡았다. 이제 주먹이 날아갈 차례라는 모두의 예상을 뒤엎고, 아버지는 당직의의 온몸을 와락 껴안았다. "감사합니다. 감사합니다."

3년 전 상혁이 학술대회에 참석했을 때 만난 대학 후배에게 직접 전해 들은 사례였다. 보호자에게 멱살을 잡혔던 당직의가 바로 그 후배다.

의학으로 해명할 수 없는 불가사의한 일이 벌어지면, 그 일은 '기적'이라는 종교적 카테고리로 쏙 들어가 굳이 해명할 필요성에서 멀어진다. 그 어떤 첨단의 과학기술도 '기적'을 해명할 수는 없다. 어쨌든 과학은 할 수 있는 최선을 다했다. 의사도 최선을 다했을 것이다. 치료 과정에서 의사의 실수는 없었다. 현대과학의 오류도 아니었다. 그러니 그런 돌연한 상황을 어떻게 설명할 수 있겠는가. 기적 앞에선 의사의 확신도 무력하기 그지없었다.

당시 환자의 기적이 극적으로 펼쳐진 시각은 06시 36분이었다. 불과 20여 분이 지나면 장기이식을 위한 수술대에 오르게 될 운명이었다. 정말이지 절묘한 타이밍 아닌가. 이런 사례는 잊을 만

하면 튀어나와 신경외과의들에게 충격을 안긴다. 이 때문에 장기이식수술에는 윤리적 의문이 꼬리를 물 수밖에 없다. 수술대에 오른 무수한 환자 중, 그런 기적의 가능성이 남아 있었던 환자가 한 명도 없었다고 장담할 수 있을까?

상혁의 후배도 그런 의문들로 한동안 괴로웠다고 당시 심경을 밝혔다. 신경외과 전공의였던 후배는 심각하게 다른 과로 전공을 바꿔야 하나 고민했다. 지도교수에게 고민을 털어놓았다가 차라리 의사를 그만두라는 핀잔만 들었다. 상혁도 그렇게 말했다. 후배는 독실한 개신교 신자가 되어 지금도 같은 병원에서 신경외과 의사로 일하고 있다. '하나님께서는 하나님의 일을 하시고, 의사는 의사의 일을 하면 되는 것. 의사로서 환자를 살리기 위해 최선을 다하면 된다.' 후배는 의사의 직업 윤리에서 나름의 해답을 찾은 셈이었다.

뇌파 검사를 시작한 지 30분이 다 돼가고 있었다. 상혁은 언제 오기태가 깨어날지 몰라, 매 순간이 조마조마했다. 1분이 1시간처럼 느리게 흘렀다. 이제 남은 시간은 고작 5분. 5분이 지나면 영원한 작별이었다. 뒤돌아보지 않을 생각이었다.

서로의 앞날을 축복하며 기분 좋게 악수하며 헤어질 수도 있었다. 이후로도 옛 스승과 제자로서, 멘토와 멘티로서 훈훈한 관계를 계속 이어갈 수도 있었을 것이다. 오기태는 앞으로도 계속 승승장구하며 경영진으로 올라서는 상혁을 기꺼이 축복해 줄 인물이었다. 상혁이 알고 있는 오기태는 그런 그릇이었다. 그는 좋은 스승이자 아버지 같은 존재였다. 그걸 부정할 수는 없었다. 하지만 이 거대한 운명의 장난 앞에서 그런 사사로운 감정이 다 무슨 소용이란 말인가. 다 끝났다. 그와의 인연은 딱 여기까지다. 과거의 추억은 모든 일이 정리된 후에 되돌아볼 일이다.

30분이 지났다. 다행히 모니터에 비친 뇌파 기록은 평탄뇌파를 지속하고 있었다. 이인환이 절차에 따라 뇌사 진단을 내렸다.

"BD(Brain Death, 뇌사) suspect입니다. 정식 판정 절차에 회부하겠습니다." 비통한 얼굴로 이인환이 뇌사 소견을 밝혔다. 차트에 진단 결과를 받아 적던 간호사도 울음을 삼키고 있었다. 상혁은 비로소 안도했다.

드디어 2차 조사도 끝났다. 상혁은 결국 완전히 침묵하는 쪽을 선택했다. 오랫동안 공들여 온 고지가 바로 눈앞에 있는데, 사명이니 양심이니 하는 것들이 다 무슨 소용이란 말인가. 지금 이 순간 상혁은 바랐다. 저 질긴 생명이 제발 스스로 꺼져주기를. 그가 어서 빨리 스스로의 생을 거둬서 내 생을 연명해 주기를. 그래서 또 한 번 내 손에 피를 묻히게 하는 일이 없기를.

이제 상혁이 수행해야 할 다음 미션은, 뇌사 판정 전까지 병원 전산망(PACS, EMR)에 저장될 오기태의 뇌파 기록을 다른 환자의 것으로 뒤바꾸는 일이었다. 3년 전, 바로 그날처럼.

02-12 AM 10:22

 이사장 이준모의 갑작스러운 출근에 병원 전체가 비상이 걸렸다. 평소라면 일주일에 한 번, 매주 화요일 오전에만 모습을 드러내던 그가, 오기태 사고에 대한 보고를 받고 이례적으로 병원을 찾은 것이다. 상혁은 신경외과 부과장 자격으로, 병원장 심정섭과 함께 곧장 22층 이사회실로 호출됐다. 이미 회의 데스크 상석에는 이준모가 자리해 있었다. 상혁과 심정섭이 약속이나 한 듯 그의 좌우로 나란히 자리했다.
 "뺑소니 사고라면서요?" 두 사람이 채 숨을 돌리기도 전에, 이준모가 대뜸 물었다.
 "폭설이 내리고 난 뒤라 빙판길도 많고. 부원장 댁이 언덕길 쪽이다 보니 삽시간에 그리 됐나 봅니다. 발견이라도 일찍 됐음 좋았을 걸." 심정섭이 주눅든 채로 쭈뼛쭈뼛 말했다. 누가 보면 마치 그가 뺑소니범 같아 보였다.
 이준모와 심정섭이 대화를 주고받는 동안, 상혁은 머릿속으로 수십 개의 시나리오를 썼다 지우기를 반복했다. 그에겐 앞으로 닥칠 경찰 조사보다, 이준모의 의미심장한 한마디가 더 위협적이었다. 몇 수 앞을 내다보는 인물인 만큼, 대답을 잘못했다간 단번에 의심의 화살이 꽂힐 수도 있었다.

"가망은 전혀 없는 건가?"

"안타깝게도. 그렇습니다." 심정섭이 답하고는 이준모의 눈치를 연신 살폈다.

심정섭은 강북 분원 신경과 과장에서 부원장을 거쳐 6년 전부턴 강남 본원 원장직을 맡고 있다. 그의 할아버지도, 아버지도 명진의 신경과의이자 원장 출신이다. 말하자면 3대째 명진의 가신 집안인 것이다. 그는 신경과 과장이었던 현역 시절에 빈말이라도 실력자였다고 할 순 없지만, 원장 업무는 제법 잘해 나가고 있었다. 적당히 무르고 적당히 요령 있는 성격 덕이었다. 역시 정치에 일가견이 있는 집안의 핏줄다웠다.

"심 원장이 신경 좀 써줘요. 부원장님 공백 없도록."

"이미 퇴직을 앞두고서 어지간한 건들은 정리하고 있던 터라… 그리고 신경외과는 우리 차상혁 부과장이 있으니 걱정할 것 전혀 없구요. 최근 신경외과 수술은 거의 다 차 교수가 맡고 있었지?"

"네. 그렇습니다." 상혁이 얼른 대답했다.

"병원 일은 걱정하지 마세요. 그보다 부원장이 걱정이죠. 돌봐줄 가족 하나 없이 저리 혼자." 심정섭이 괜한 말을 했다 싶었는지 금세 입을 다물었다.

이준모는 잠시 혼자 생각에 빠져 있다가, 이내 상혁이 있는 오른편으로 고개를 돌렸다.

"차 교수는. 괜찮아?"

이준모가 물끄러미 상혁을 바라봤다. 상혁은 그 시선을 차마 피할 도리 없이 마주했다. 실제론 10초도 채 되지 않았지만, 상혁의 시간은 영겁처럼 흘러갔다. 이준모가 자신의 몸에서 풀풀 풍겨내는 피 냄새를 단박에 잡아낼 것만 같았다. 상혁은 완전히 발가벗겨진 기분으로 이준모의 시선을 고스란히 받아냈다. 어쩜 부녀지간에 하나도 닮은 구석이 없다고 생각했는데, 지금 보니 사람 속내를 꿰뚫어 보는 듯한 깊고 검은 눈동자가 한나와 똑 닮아 있었다. 그 외의 이목구비는 확실히 미스 팔도 출신의 모친을 빼다박았다.

"노력 중입니다." 상혁은 꼬투리를 잡힐까 싶어, 말을 짧게 했다.

이준모가 미간을 슬쩍 좁히더니 상혁에게서 시선을 거두고는 회의 데스크의 어느 한 지점을 내려다봤다.

"인명은 재천이라더니, 그렇게 많은 생명을 구해놓고 정작 본인은 그리 쉽게 가버렸네."

오랜 술친구를 보내는 이준모의 황망한 심경이 3초간 얼굴에 스쳤다가 사라졌다. 그가 별안간 자리에서 벌떡 일어서자, 심정섭과 상혁도 덩달아 벌떡 일어섰다. 일각에 서 있던 비서실장이 눈치 빠르게 회의실 문을 열면서 수행비서에게 차량을 대기시키라는 지시를 내렸다.

엘리베이터에서 내려서자마자 성미 급한 이준모가 성큼성큼 앞장서서 로비를 걸어갔다. 한참 키가 큰 상혁이 곁에 바짝 붙어 종종걸음을 걸어야 할 정도였다. 최근 금연에 성공한 뒤, 살집이 제법 오른 심정섭은 한참이나 멀리서 뒤처지지 않으려고 뒤뚱거리며 따라왔다. 그 너머로 비서실장과 몇몇 보좌진이 적당히 거리를 두고 그들을 뒤따랐다.

"상혁아."

"네. 이사장님."

"우리끼린데 이사장님은." 이준모의 말에 상혁은 은근히 어깨가 으쓱해졌다.

"네. 아버님."

로비 문을 열고 나서자 매서운 겨울바람이 휘잉, 불어왔다. 두 사람의 곁으로 수많은 환자와 보호자가 병원문을 들어오고 나갔다.

"다음 주 수요일에 바쁘냐?"

"오전 외래가 있고, 오후엔 스케줄 조정 가능합니다. 근데 그건 왜…?"

"분당 분원 완공식 있는 거 알지? 거기 나랑 같이 가자."

명진의료원은 강남 본원과 강북 분원에 이어 분당 분원을 새로 짓고 있었다. 강북 명진의료원이 건립된 지 약 40년 만에 신설되는 분원이라, 재단의 임직원 모두가 분당 사업에 밤낮없이 매달려 있었다. 누가 들으면 공원 피크닉 가자는 얘기처럼 가볍게 들리겠지만, 공식 석상에서 이준모의 옆에 서서 테이프를 자르는 일은 곧 '2인자'임을 대외적으로 선포하는 행위나 다름없었다.

"제가 감히 가도 되는 자린지… 원래 한나 씨가 가기로 돼 있었던 거 아닙니까?" 상혁은 떨리는 목소리로 말했다.

"한나 녀석은 미국에 가버렸잖아. 결혼식 전에 돌아오긴 할까 몰라? 정신 차려라, 너두."

상혁이 어떻게 반응해야 할지 몰라 머뭇거리는 사이, 이준모의 리무진이 미끄러지듯 그들의 앞에 섰다. 몇 번 봤지만 여전히 친숙하지 않은 거구의 수행비서가 이준모 앞으로 다가와 차 뒷문을 열고는 공손하게 머리를 조아렸다.

"거기 죽여주는 병천순대집이 있어. 너 순대 좋아하잖아? 거기서 소주 한 잔 꺾구 오자고."

"오후 스케줄 조정해 두겠습니다, 아버님."

이준모는 여자처럼 희고 고운 오른손으로 상혁의 양뺨을 꽉 잡았다. 그 힘에 의해 상혁의 입술이 붕어처럼 자동으로 부루퉁 올라왔다. 볼이 잡힌 채 상혁이 난처한 기색으로 눈알만 좌우로 굴리다가 심정섭과 눈이 마주쳤다. 심정섭은 더없이 인자한 미소를 지으며 상혁에게 고개를 끄덕끄덕했다.

02-12 PM 12:37

경찰서에 가본 건 난생처음이었다. 이런 타이밍에 병원을 비우는 게 꺼림칙했지만, 어쩔 수 없는 일정이었다.

교통조사팀이 있는 부서에 찾아가자, 피해 여성은 이미 조사를 마치고 그를 기다리고 있었다. 상혁은 피해 여성의 진술이 다 맞을 거라고 진술했다. 그렇게 작성된 조서에 사인했고, 피해자와도 원만히 합의했다. 차량 수리비와 치료비, 정신적 피해 보상까지 약속했다.

"그래 주시면 저야 좋지만… 그렇게까지 하실 필요는 없는데…." 여자가 말했다. 그녀는 상혁이 왼손 약지에 낀 약혼반지를 보며 아쉬운 표정을 지어 보였다. 상혁의 준수한 외모와 딱 부러지는 카리스마에 혹해 사적인 만남을 은근히 기대했던 모양이었다.

그렇게 사고 처리는 말끔하게 일단락되었다. 상혁은 자리에서 일어나며 오기태 교수의 뺑소니 사고에 대해 슬쩍 지나치듯 물어보았다. 사실은 이게 본론이었다.

"그게 참, 하필 사고 현장에 CCTV도 없고 말이죠. 목격자도 없고, 시간이 좀 걸리겠지만 결국 해결될 겁니다. 골목 주변 CCTV를 뒤지고 있으니까 곧 뺑소니 차량도 특정할 수 있을 거라고 봐요. 망할 자식, 반드시 잡고 말 겁니다." 경찰이 분개하며 말했다.

"네. 부탁드립니다. 선생님은… 그분은 제게 아버지 같은 분이십니다. 저도 최선을 다해 돕겠습니다." 거짓말이 그새 익숙해졌다. 참는 듯 미간을 좁히는 표정도 제법 자연스러워졌다. 상혁은 자신의 그 뻔뻔한 연기가 우습게 느껴져, 돌아서며 짧게 조소를 띠었다.

경찰이 출입문 밖까지 나와 상혁과 여자를 배웅했다. 여자가 가족 차량에 탑승하는 것을 지켜본 뒤 상혁도 콜택시를 불렀다. 차가운 바람이 얼굴을 때렸다. 긴장과 불안의 열기로 들끓던 병원과는 전혀 다른 공기였다. 잠시 숨통이 트이는 것 같았다.

상혁이 병원으로 복귀해서 사무실에서 가운을 걸치고 있을 때 신종수가 교수연구실 문을 열고 들어섰다.

"소식 들으셨어요?" 신종수가 물었다.

"무슨 소식?" 상혁은 가슴이 철렁한 채로 신종수를 바라봤다.

"아. 지금 윤리위원회 회의실에서 오기태 교수님 뇌사 건에 대해 협의 중이에요. 곧 뇌사판정위원회 위원들 선정할 텐데, 우리 신경외과에서는 누가 들어가야 하죠?" 신종수가 말했다.

"당연히 내가 들어가야지." 상혁이 다급하게 말했다. 애매모호한 표정을 짓는 신종수를 보자 상혁이 말을 덧붙였다.

"안 그래도 원장님께 요청했어. 내가 가겠다고."

"아. 음. 제가 가도 되는데요?"

"아냐. 내가 가는 게 좋겠어. 의국에 특별한 일 없잖아?"

"오늘 오후에 수술 하나 있으시잖아요?"

"아, 맞다. 김규석 환자 수술이 오늘 오후 3시 반이었지?"

"네. 그거요. 어떻게 할까요?"

"도현국 교수 오후 스케줄이 비었을걸. 도 교수한텐 내가 부탁할 테니, 김규석 님께는 종수 니가 사정 설명드려. 간단한 수술이라 별문제 없을 거야. 아, 지금 바로 회의실로 연락부터 넣어 둬."

상혁이 수술을 도현국에게 떠넘긴 데는 두 가지 이유가 있었다. 첫째, 오기태의 EEG 기록을 조작한 사실이 드러나는 것을 막기 위해서, 둘째, 뇌사판정위원회에서 판정 소견에 의문을 제기할 경우, 주치의 도현국이 재검을 시도할 가능성을 차단하기 위해서였다.

"알겠습니다." 신종수는 뭔가 더 할 말이 있는 것 같았지만 끝내 삼켰다. 상혁은 그런 신종수의 어깨를 툭툭 두드려 주고 서둘러 회의실로 향했다.

상혁이 회의실로 들어가자, 병원장 심정섭이 자기 옆에 앉으라고 손짓했다. 마침 윤리위원회장이 뇌사판정위원회 위원들을 발표하려는 순간이었다.

"사안이 사안인 만큼 뇌사판정위원장은 병원장님이 직접 맡아 주셨으면 합니다."

심정섭이 굳은 표정으로 고개를 끄덕였다. 윤리위원회장이 말을 이었다.

"그다음으로 산부인과장 한주희 님, 법무법인 가람의 대표 변호사 장승수 님, 신경외과 중환자실 병동 수간호사 이하얀 님, 모두 지난번과 동일하구요. 다음으론 한남동성당 보좌신부 안드레아 님, 마지막으로 신경외과 전문의 한 분은⋯." 윤리위원회장이 말을 멈추더니 상혁에게 시선을 돌렸다.

"차 교수님이 직접 자원하셨다면서요?" 윤리위원회장이 고개를 살짝 틀며 물었다.

"그렇습니다." 상혁이 답했다.

"괜찮겠습니까?" 윤리위원회장이 다시 물었다.

"어떤 의미이시죠?"

"오기태 부원장님과는 각별한 관계 아닌가요? 객관적인 판단이 가능하겠냐는 겁니다. 게다가 수술 일정도 빠듯하실 테고, 감정을 정리할 시간도 필요하실 텐데⋯."

"그런 문제라면 괜찮습니다. 제가 마지막까지 교수님을 보필하고 싶습니다."

"아, 그러시겠다면야⋯."

윤리위원회장이 다른 위원들을 둘러보며 말했다. "이견 없으시면, 마지막 한 분은 차상혁 교수로 결정합시다."

그렇게 6명의 뇌사판정위원회 위원들이 선정되었다. 임시 소집회의 시각은 오후 5시 30분으로 잠정 결정했다.

02-12 PM 05:24

회의 장소인 7층 컨퍼런스룸에 4명의 위원이 모여 있었다. 한주희, 이하얀, 안드레아, 그리고 상혁이었다. 다들 서로 안면은 있었지만 친밀한 관계는 아니어서 서먹한 분위기가 흘렀다.
"장 변호사님은 못 오시나 봐요?" 한주희가 회의 진행과 기록을 담당하고 있는 직원에게 물었다.
"네. 재판이 있어서 이번엔 불참하신다고 연락받았어요." 직원이 대답했다.
뇌사판정위원회는 전문의 2명 이상과 비의료인 위원 1명 이상을 포함하여 재적 위원의 과반수가 출석한 상태에서, 출석 위원 전원의 만장일치 찬성이 있을 경우에만 뇌사가 인정된다.
따라서 한두 명이 빠져도 위원회는 성립될 수 있지만, 단 한 표라도 반대표가 나오면 뇌사 판정은 무효가 되고, 대상 환자는 자동으로 연명 치료로 전환되게 된다. 상혁은 그럴 일은 없을 거라고 자신하고 있었다. 그는 반드시 만장일치로 뇌사 판정을 마무리 짓고, 얼른 죄악의 그림자에서 벗어나고 싶었다. 혹시라도 오기태에게 닥쳐올지 모를 기적의 순간을 한시라도 빨리 차단해야 했다. 다행히 의학적인 데이터가 완벽히 뇌사 소견을 뒷받침했고, 이에 이의를 제기할 만한 사람은 없이 보였다.

회의실에 도발적인 향수 냄새가 감돌고 있었다. 디올 쟈도르 로르. 한주희가 쓰는 향수였다. 상혁은 거만한 태도로 휴대폰을 보고 있는 한주희를 힐끗 바라보았다.

한주희는 연예인급 미모를 안 그런 척 과시할 줄 아는 인물이었다. 여성 환자들의 경탄을 자아낼 만큼 잘 관리해 온 관능적인 몸매도 그녀의 매력을 돋보이게 했다. 눈매는 섬세하고 날카로우며 한편으론 다사로워 보이기도 했다. 완벽한 대칭을 이룬 계란형의 얼굴에 우뚝 솟은 콧날은 그녀의 자존감을 상징하는 듯 보였다. 하지만 인공적인 냄새가 과하게 풍기는 외모였다. 인턴 시절 성형외과에서 3개월 동안 수련한 적이 있는 상혁은 한주희의 얼굴에서 실력 좋은 외과의가 바비인형처럼 깎아 다듬은 흔적을 여러 군데서 발견했다. 하지만 뭐, 그것도 능력이라면 능력이겠지. 어쨌거나 한주희는 철저한 자기 관리가 습관화되어 있었다. 그런 점에서 상혁과 닮은 구석이 많은 인물이기도 했다. 실력 연마와 더불어 외모 관리 또한 성공적인 행로를 뒷받침하는 중요한 요소라는 걸 잘 알고 실천하는 인간형. 상혁과 한주희의 닮은 점이었다.

얼마 지나지 않아 심정섭 원장이 도착했고, 회의가 시작되었다.

심정섭은 먼저 상혁에게 신경외과 전문의로서의 뇌사 판정 임상 소견을 개진하라고 발언권을 부여했다. 통상 절차대로라면 오기태의 응급 수술을 집도한 주치의 도현국이 해야 하지만, 이번 대상은 명진의 '집안 사람'인 부원장 오기태였고, 도현국이 상혁을 대신해 수술에 들어간 터라 상혁이 이를 맡게 되었다. 상혁의 비상한 계책이었다.

곧 상혁이 조작한 오기태의 EEG 기록지와 차트가 위원회 멤버들 책상 위에 하나씩 놓였다. 그러는 새 잠시 눈을 감고 긴 숨을 토해낸 상혁이, 이윽고 입을 열었다.

"먼저 오기태 부원장님께 닥친 불행에 비통한 마음을 금치 못하겠습니다. 여기 계신 분들 모두 저와 같은 심정일 겁니다. 뇌에 혈전이 발견돼서 한차례 응급수술을 했지만, 뇌 손상이 워낙 심해서…."

상혁이 말을 맺지 못하고 고개를 떨궜다. 성급하게 서두르기보다 잠시 뜸을 들이는 게 낫겠다고 판단했기 때문이었다. 한주희가 가느다란 눈길로 상혁을 쳐다보았다. 뭔가 탐색하는 듯한 눈초리였다.

"그러니까 차 교수 소견으로는 뇌사가 확실하다 그 말씀이죠?" 심정섭이 물었다.

"제 소견으로는 그렇습니다. 안타깝게도 모든 의학적 데이터가 뇌사 소견을 가리키고 있습니다." 차상혁의 말에, 안드레아 신부의 창백한 얼굴이 한층 하얗게 질렸다.

"자, 비통한 마음은 내려놓으시고, 좀 냉정해집시다. 다른 케이스 때와 똑같이 생각해 주시길 바랍니다. 다를 거 없어요." 심정섭이 말했다.

"저기… 제, 제가 꼭 이 회의에 참석해야만 하나요? 저는 주임 신부님 대, 대타로 온 것 뿐인데…. 너무 큰 주, 중책을 맡게 돼서 좀 부담스러운데…." 안드레아가 겁에 질린 눈망울을 끔뻑거렸다.

"왜 이러십니까, 신부님. 신부님 같은 분이 참여해 주셔야 우리 위원회에 신뢰도 생기고, 장기 기증에 반감을 지닌 사람들 인식도 바꿔 나갈 수 있어요." 심정섭이 심드렁히 말했다.

"아, 부원장님께서 자, 장기 기증 서약을 하신 건가요?" 안드레아가 이하얀을 바라보며 물었다. 하지만 하얀은 안드레아의 질문을 듣지 못한 듯했다.

"맞습니다." 상혁이 대신 답했다. "그래서 뇌사 판정 회의가 가급적 조속히 진행되길 바랍니다. 오 교수님의 그 숭고한 뜻이 헛되지 않도록 말입니다."

안드레아가 고개를 푹 숙이며 말했다. "차, 차 교수님이 그렇게 판정하셨다면, 의학적으로 뇌, 뇌사가… 화, 확실하겠죠?"

"그렇습니다." 상혁이 말했다.

"음. 차 교수 말씀을 듣고 보니 일정을 최대한 서두르긴 해야겠네요." 심정섭이 한주희와 이하얀을 쳐다보며 말했다. "두 분은 아까부터 말씀이 없으시네요?"

한주희는 팔짱을 낀 채 생각에 잠긴 표정이었고, 이하얀은 계속 고개를 숙이고 있었다. 울음을 참는 눈치였다. 이하얀에게 오기태는, 여타 병원 사람들처럼 존경의 대상이자 인생의 멘토였다.

"아이고, 이하얀 선생! 심정은 알겠는데, 이런 일에 그렇게 감상적으로 접근하면 안 돼요." 심정섭이 나무라듯 말했다.

이하얀이 천천히 고개를 들었다. 눈가가 눈물자국으로 얼룩져 있었다. 사직서를 내놓고 한시적 업무 중이던 차에, 이런 비보를 접하게 될 줄은 꿈에도 몰랐을 것이다. 더욱이 그 죽음의 판정을 내리는 자리에 앉게 될 줄은. 사람의 운명이란 한 치 앞을 알 수 없었다.

심정섭이 헛기침을 하면서 한주희 쪽으로 시선을 돌렸다. "한주희 과장? 어때요? 여기서 모인 김에 뇌사 판정을 곧바로 마무리 짓는 것에 대해?"

한주희가 비로소 입을 열었다. "우리 속담에, 급할수록 돌아가라는 말이 있지 않습니까?" 그녀의 뜬금없는 말에 일순 분위기가 싸늘해졌다.

누구보다 충격을 받은 건 바로 상혁이었다. 그는 한주희가 풍기는 향수 냄새에 담긴 은밀한 메시지를 그제야 깨달았다. '패션도 그렇지만 향수에도 특정한 신호 또는 메시지가 숨어 있지.' 한나가 상혁에게 향수를 선물하며 들려준 말이었다. 디올 쟈도르는 한나도 자주 애용하는 향수였다. 연구소 팀장으로서 첫 미팅을 할 때도 이 향수 냄새를 풍기며 팀원들 앞에 섰다. "유산을 존중하고 무모한 도전을 즐겨라." 그날 한나가 팀원들에게 던진 캐치프레이즈였다. 디올의 설립자 크리스챤 디올이 남긴 말이라고 했다.

그렇다면 한주희는? 상혁은 바로 알아차렸다. 무모한 도전, 아니 도발이었다.

'산부인과의 주제에 어디서 감히⋯ 지가 뇌에 대해 뭘 얼마나 안다고.' 상혁은 눈썹을 치켜세우며 한주희를 쳐다보았다. 그러자 한주희도 상혁을 향해 정면으로 시선을 맞췄다. 그녀의 도발적인 두 눈에 교묘한 적개심이 담겨있었다.

"이 뇌사 판정 건에 대해 좀 더 검토할 시간이 필요합니다. 왜냐면, 전 아직 납득이 안 되거든요."

4장

명진의료원 산부인과장

한주희

4

02-12 PM 06:11

한주희가 반대표 의사를 시사하면서, 임시 소집회의는 급격히 파행으로 치달았다.

주희도 처음부터 반대하기로 작정하고 들어온 것은 아니었다. 이미 신경외과에서 2차에 걸쳐 뇌사 진단을 내렸다면, 그 진단 결과에 이의를 제기하고 싶지는 않았다. 의학적 견지에서 뇌사는 곧 죽음을 의미했다. 이는 부정할 수 없는 과학적 진실이었다. 주희가 그걸 모를 리 없었다. 그런데 뇌사 판정 최종 단계에 문제가 있었다.

'뭐가 있긴 있는데…?'

주희는 차상혁이 판정위원에 올라 있는 걸 이해할 수 없었다. 리스트에서 그의 이름을 확인하자마자 강한 거부감이 들었다. 윤리위원회에 알아보니 그 인간이 자청했다고 했다.

"원래 다른 사람이었는데 차 교수가 자청해서 바뀌었단 거죠?" 주희가 물었다.

"결과적으론 그런 셈이죠. 왜요? 무슨 문제라도 있나요?" 주희와 친분이 있는 윤리위원이 말했다.

"보통은 가까운 사람이 뇌사판정 받는 걸 굳이 보려고 안 하지 않나? 그리고 평소 병원 일엔 1도 관심 없던 사람이, 뭘 자청씩이나 했대요?"

"우리 한 교수님 또 예민하게 구신다. 스승의 마지막 길을 직접 배웅하고 싶은 마음이겠죠. 후계자로서의 책임감 같은 것도 있을 테구."

주희가 피식 웃었다. "책임감. 하긴, 곧 그 자리를 물려받을 사람이라 책임감도 부쩍 생겼겠네요."

"쉿, 말씀 조심하세요." 윤리위원이 주변을 살피고 말을 덧붙였다. "어차피 그 자리는 차 교수한테 돌아갈 자린데. 그거 며칠 더 당겨서 차 교수가 무슨 부귀영화를 누린다구요?"

윤리위원의 말에 주희가 한발 물러나 고개를 끄덕였다. 사실 그의 말이 맞았다. 설령 오기태의 뇌사 판정이 늦어진다 한들, 그 자리는 결국 차상혁의 것이었다. 오기태는 한주희에게도 존경스러운 어른이었고, 그의 죽음을 애도하는 차원에서 조용히 판정 회의를 마무리 짓기로 작정했다.

임시 소집회의에는 딱 이런 마음으로 참석했다. 그런데 뇌사 판정이 졸속으로 흐를 조짐을 보이자, 한주희는 슬슬 골이 나기 시작했다. 상혁이 이곳의 우두머리인 양 분위기를 주도하는 것이 탐탁지 않았다. 아직 결혼식도 안 올렸으면서 명진의 새 주인처럼 구는 꼴이 얄미웠다. 그래서 차상혁의 말꼬리를 붙잡고 괜히 시비를 걸었다.

"사실 말이죠, 아무리 형식적인 뇌사판정위원회라 해도 이건 좀 아니지 않나요? 환자의 생사에 직접적인 이해관계가 있는 사람이 판정 회의에 참여하려 하다뇨."

상혁의 얼굴이 삽시간에 굳었다.

"한 과장님, 방금 그 말씀에서 환자의 생사에 직접적인 이해관계가 있는 사람은, 저를 뜻하는 겁니까?"

"달리 누가 또 있나요?"

주희는 이쯤 되면 상혁이 특유의 냉소적인 말투로 맞받아칠 거라 생각했다. 늘 그래왔으니까. 여유를 가장한 비아냥으로 상대에게 굴욕감을 안기는 것, 그게 차상혁의 화법이었다.

"제 입장이 입장인지라, 괜한 오해를 불러일으킬 수 있다는 점, 충분히 이해합니다. 그래도 불필요한 감정 대립은 없었으면 합니다. 저는 어디까지나 신경외과 부과장으로서, 적합한 자격을 갖추고 이 자리에 앉아 있는 것이니까요."

상혁의 말에 주희는 멈칫했다. 어딘가 이상했다. 거칠 것 없이 상대를 제압하고 굴종시키려 들던 그가, 오늘은 웬일인지 분위기를 진정시키려 하고 있다. 평소와는 달라도 한참 다른 상혁의 태도에, 희미했던 의구심이 몽글몽글 한데 뭉쳐서 뚜렷한 형체를 갖추기 시작했다.

"괜한 오해로 꼬투리 잡는 게 아니구요, 남들 보는 눈이 그렇단 거죠. 한 사람의 죽음을 확정 짓는 자린데, 그 어느 때보다 엄격하고 신중해야 하지 않겠어요?"

"그럼 여기 있는 사람들은 뭐, 가볍고 경솔해서 가만히 입 다물고 앉아 있습니까? 한 과장은 사람이 참, 말을 해도 참…." 별안간 심정섭이 주희의 말을 가로막으며 눈을 흘겼다.

순간 고요히 자리해 있던 이하얀이 참고 있던 울음을 터뜨렸다. '죽음'이라는 단어에 오기태의 죽음이 실감 난 것이다.

"어허, 이하얀 선생은 또 왜 그래요? 이렇게들 감정적으로 휘둘려야 되겠어요? 병원 전체가 슬픔에 잠긴 마당에, 우리라도 이성적이어야죠." 심정섭이 말했다.

"원장님 말씀이 맞습니다. 우리 모두 큰 충격에 빠져 있지만, 그럴수록 더 냉정해야 하죠. 다른 누구도 아닌, 오기태 부원장님의 뇌사 판정이니까요."

한 치의 흐트러짐 없는 말투였지만, 상혁의 동공이 미약하게 떨리고 있었다. 주희는 미간을 좁히고 상혁을 바라봤다. 분명 차상혁이, 뭔가를 숨기고 있다. 자꾸만 상황을 종결시키려고 한다. 도무지 평소의 그답지가 않았다.

어색하고 불편한 분위기가 길게 이어졌다. 이곳에 자리해 있는 모든 사람들이 한주희가 어서 빨리 잘못을 시인하고 긴장을 풀어주길 기대하는 눈치였다. 하지만 주희는 고개를 뻣뻣이 들고 턱을 살짝 치켜올렸다. 여기서 굴복하지 않겠다는 제스처였다.

한주희는 주의를 집중시키듯 손바닥으로 탁자를 가볍게 탁, 탁 두드렸다.

"틀린 말씀은 아닙니다만, 아무튼지 이번 판정은 다른 건에 비해 좀 더 심사숙고하는 모습을 보여야 한다고 생각해요. 원장님께서도 말씀하셨듯, 지금 병원 전체가 슬픔에 잠겨 있어요." 주희가 말했다.

"그래서요?" 심정섭이 짜증 섞인 투로 물었다.

"부원장님이 어떤 분입니까? 우리 수백 명의 명진 가족 모두가 존경해 온 분 아닙니까? 우리는 지금 그분의 급작스런 비보를 접하고 애통한 마음을 추스르는 단계에서 그 어떤…"

"이봐, 한 과장! 아까부터 대체 무슨 말을 하고 싶은 거요? 여기가 무슨 호스피스 교육센터입니까?"

결국 심정섭이 주희를 향해 버럭 소리 질렀다. 이하얀은 어느새 어깨가 들썩거릴 정도로 흐느끼기 시작했다. 맞은편의 안드레아 신부는 안절부절못하는 기색으로, 출입구 쪽을 힐끗거렸다. 빨리 이곳에서 벗어나고 싶은 듯 보였다.

"에이, 그건 너무 가셨구요. 제 말씀은 너무나도 간단히 뇌사 판정을 내려버리면 너무 허망하지 않을까, 이 말이죠." 주변 분위기는 아랑곳없이 주희가 경쾌한 투로 말했다.

"뭐가 허망해요? 한 과장, 의사 맞아요? 아니, 신경외과 의사가 뇌사가 확실하다는데 더 이상 뭐가 필요해?"

심정섭이 반말로 치고 나왔다. 계속 그렇게 나오면 계급으로 찍어 누르겠다는 심보였다. 하지만 늙다리 꼰대의 치사한 억압에 주눅이 들 주희가 아니었다.

"그렇지만 우리 병원 사람들이 느끼게 될 상실감이나 배신감도 고려해야죠."

"배신감은 또 뭡니까?"

"아, 그래도 우리 병원이 자기 식구를 어떻게든 살려보려고 최대한 노력하고 있구나, 다들 그런 믿음을 품고 있을 거예요. 그런데 부원장님한테 산소 호흡기 끼운 지 몇 시간 됐다고 순식간에 땅, 땅, 땅 사망 선고를 내려버리면 얼마나 실망이 크겠어요."

"나 원, 별…. 어떻게 생각해요들?" 심정섭이 다른 위원들을 둘러보며 말했다. 상혁을 비롯해 아무도 말이 없었다.

심정섭은 진이 빠졌는지 그만 회의를 끝내고 싶은 눈치였다. "됐어요. 그만합시다. 한 과장 의견이 그러시다면 우리도 어쩔 수 없죠. 며칠 예후를 더 지켜봅시다. 됐습니까?" 심정섭이 피곤한 목소리로 주희에게 물었다.

그 순간 상혁의 눈썹이 꿈틀하는 것을 목격한 주희는 희희낙락한 미소를 지었다. 그녀는 심정섭에게 새침하게 고개를 끄덕, 하는 것으로 대답을 대신했다. 그제야 안드레아는 안도의 한숨을 내쉬었다. 밀랍 인형처럼 질려 있던 얼굴에 이제야 핏기가 돌기 시작했다.

"언제쯤이 좋을까요? 아시다시피 뇌사 상태에서 2주 안에 심정지가 옵니다. 물론 환자에 따라 2주를 넘어 한 달, 석 달이 걸릴 수도 있겠죠. 반대로 하루 이틀 사이에 심장이 멎기도 해요. 그렇죠, 차 교수?"

"맞습니다. 몇 시간 만에 심장이 멈춘 사례도 있습니다." 상혁이 애써 침착한 투로 덤덤히 말했다.

"오래 기다릴 수는 없을 것 같고, 내일이나 모레 일정이 어떻게들 되시나…." 심정섭이 말했다.

"저… 궁금한 게 있는데요. 마, 만약 본회의에서도 오늘처럼 의견이 나뉘면, 계, 계속해서 회의가 열리는 건가요?" 안드레아가 더듬더듬 질문했다.

"그건 아닙니다. 뇌사 판정은 그 순간 바로 무효! 무효가 됩니다. 그리고 환자는 연명치료로 돌아가죠." 심정섭이 단호하게 말했다.

"그, 그럼… 부, 부원장님의 자, 장기 기증은…?"

"그것도 싸그리 무효! 무효가 되는 것이죠." 심정섭은 한주희를 질책하듯 흘겼다.

"내일이랑 모레는 제가 수술 스케줄이 꽉 차 있구요, 3일 후로 하시죠?" 주희가 기죽지 않고 경쾌하게 말했다.

심정섭은 더 이상 말도 섞기 싫은 눈치로 고개를 돌려 안드레아를 바라봤다.

"네, 네. 3, 3일 후, 저도 시간을 비, 비워두겠습니다." 안드레아가 어깨를 잔뜩 움츠리며 말했다.

"저도… 그렇게 하겠습니다." 이어 이하얀이 꺼져가는 목소리로 말했다.

"그 안에 심정지가 오기라도 하면 우리 한 과장님께서 책임지실 거죠? 그렇게 되면 장기이식도 물 건너가는 겁니다. 부원장님의 숭고한 뜻을 배반하게 되는 거예요. 본회의 때는 사사로운 감정보다 공동체의 대의를 먼저 생각하는 마음으로 참석해 주시길 바랍니다. 장기이식을 애타게 기다리는 다른 환자들을 생각하세요."

그렇게 임시 소집회의가 종료되었다.

심정섭은 상혁에게 못내 미안해하는 기색을 내비치고 있었다. 사실 심정섭이 쩔쩔매는 건 상혁이 아닌 이준모 이사장이었다. 상혁의 위세가 어느새 경영진의 피라미드 끝까지 영향력을 미치고 있다는 사실을 주희는 새삼 깨달았다. 과장이 되기도 전에 상혁은 말 한마디로 병원장을 긴장시킬 수 있는 위치에 올라 있었다. 주희는 그런 상혁에게 반기를 든 셈이었다. 괜히 긁어 부스럼을 만든 게 아닐까 염려스럽기도 했다. 두렵지 않다면 거짓말이었다. 당장 오늘부터 차별이나 불이익을 당할지도 몰랐다. 하지만 주희도 마냥 당하고만 있진 않을 것이다. 그녀에게도 계획이 있었다.

주희는 이하얀의 등을 위로하듯 가볍게 쓸어주고 나서 회의장을 나섰다. 뒤통수에서 차상혁의 강렬한 시선이 느껴졌다. 주희가 히뜩 고개를 돌렸다. 상혁이 자연스럽게 시선을 피했다.

'너 이 자식, 잘 걸렸다. 세상일이 네놈 뜻대로만 될 줄 알았지? 그게 아니라는 걸 처절하게 깨닫게 해주마.' 속으로 뇌까리며 주희는 상혁의 뒷모습을 노려보았다.

주희는 상혁이 산부인과를 은근히 무시하는 걸 알고 있었다. 저 망할 자식은 오로지 신경외과가 최고, 자기가 최고였다. 천상천하 유아독존 나무아미타불이었다. 동료 의사들까지 발 아래로 깔아버리는 개자식이었다.

주희는 상혁을 증오하고 있었다. 저 개자식은 전혀 기억하지 못하고 있는 것 같지만, 주희는 상혁 때문에 호되게 당한 적이 있었다. 자칫 명진의료원에서도 퇴출당할 뻔했던 위기였다.

5년 전 벌어진 일이었다.

만삭의 임산부가 산통을 느끼고 내원했다. 간호조산사가 진통 간격을 측정했다. 5분 간격이었다. 본격적인 분만이 시작됐다는 걸 의미했다. 주희는 골반 검사를 통해 자궁이 얼마나 열렸는지 확인했다. 3센티미터였다. 주희는 바로 입원하도록 조치했다. 그런데 또 다른 증상이 발생했다. 산모가 극심한 두통으로 괴로워하고 있었다. 산통과 두통에 더해 죽음의 공포까지 느끼고 있었다.

예감이 좋지 않았다. 주희는 다급히 방사선과에 협진을 요청했고, 곧장 뇌CT 사진을 촬영하기로 했다. 태아에게 영향을 미칠 수도 있어 우려스러웠지만 어쩔 수 없는 선택이었다.

결과는 충격적이었다. 산모의 전두엽에 종양이 자리 잡고 있었다. 그렇다면 이제 신경외과와의 협진이 절실한 상황이었다. 산모는 이제 산부인과 환자이면서 신경외과 환자이기도 했다.

주희는 즉시 신경외과에 연락해 상혁을 찾았다. 상혁이 신경외과 에이스로 급부상하고 있던 때였다. 하지만 그는 학회 일정으로 병원에 없었다. 다급해진 주희가 직접 차상혁의 개인 휴대폰으로 전화를 걸었다. 대여섯 번 신호가 이어지고 그가 전화를 받았다.

"운전 중이라서요. 용건만 간단히 부탁드립니다."

"산모 한 명. 전두엽에 종양 있어요. 진통 시작됐고, 두통 호소 중입니다. 빨리 병원으로 좀 와주셔야겠어요." 잠시 침묵이 흘렀다. 내비게이션 음성이 휴대폰 너머로 들려왔다. 그는 이미 영종

대교를 달리고 있었다.

"차 교수님?"

"지금 차를 돌리기는 어렵구요, 신경외과 연락해 보셨어요?"

"진작에 했고 전공의들 진작에 와 있죠. 근데 상태가 많이 심각해요. 진통 때문에 뇌압이 튀어요." 주희는 부러 산모의 고통스러운 신음까지 들려주며 거듭 부탁했다. "전공의들로 못 해요, 절대 못 해."

"애들 아무나 좀 바꿔 주시겠어요?"

이내 전공의로부터 환자의 종양 크기, 뇌압 수치 등을 보고받은 상혁이 깊은 한숨을 내뱉었다. 위험한 상황이었다. 한시라도 급히 종양을 제거해야 했다. 하지만 출산이 임박한 상황이라면 바로 뇌수술에 들어가는 것도 위험했다. 수술 중에 분만이 시작되기라도 하면 그야말로 진퇴양난이었다. 끔찍한 의료사고로 이어질 게 뻔했다. 상혁으로서도 명쾌한 판단을 내리기가 어려웠다. 하지만 어떤 상황에서도 의사는 판단을 내려야 한다. 그 결과도 받아들이고 감당할 줄 알아야 한다. 그래야 의사다. 그 상황에서 최선의 판단을 내릴 수 있는 사람은 산부인과 의사 한주희였다. 당연히 결과에 따르는 책임도 한주희의 몫이었다.

"당장은 산부인과 진료에 집중하는 게 좋겠습니다. 가능하면 제왕절개 말고 자연분만으로 유도하시고요."

제왕절개수술은 자연분만에 비해 후유증도 크고 회복 기간도 길어질 수밖에 없다. 출산 이후 뇌종양 제거 수술 일정에 차질을 빚을 수도 있었다. 그 순간 할 수 있는 최선의 지시였지만 주희는 상혁이 괘씸했다. 당장 죽을지도 모르는 환자보다 그깟 학회가 중요하단 말인가.

"그래서 안 온다구요?"

"학회 시간이 빠듯해서요."

결국 최악의 상황이 벌어지고 말았다. 상혁의 지시대로 자연분만을 유도하다가 뇌압이 급격히 올라가며, 결국 산모와 아이 모두 사망하고 만 것이다. 이후 환자 가족들이 의료 과실을 빌미로 소송을 제기했다. 의료 과실이라니. 주희로선 절대 인정할 수 없었다. 그녀는 의사로서 최선을 다했다. 환자 가족들의 심정이야 이해하지만, 주희로선 억울하기 그지없었다.

그 과정에서 상혁으로부터 그 어떤 사과나 위로의 말도 듣지 못했다. 그때 상혁이 바로 차를 돌려 병원으로 달려와 협진에 응했다면 결과가 좀 달라졌을 수도 있지 않았을까? 주희는 100퍼센트 그렇다고 생각했다. 그랬다면 산모와 아이 중 한 명은 구했을 수도 있었다고 확신했다. 상혁은 죽은 환자도 살려내는 명진의 화타가 아닌가.

"의사란 사람이 어떻게 그래요? 어떻게 환자보다 학회가 우선이에요? 차 교수님이 바로 달려왔더라면 결과가 달라질 수 있었어요. 산모와 아이, 모두 살 수도 있었다구요!" 주희는 지나가던 상혁을 다짜고짜 붙들고 따져 물었다.

"아뇨. 내가 있었더라도 달라질 건 없었어요. 죽을 사람들은 죽습니다. 의사는 신이 아닙니다." 상혁이 무심히 말했다.

"설마 죽을 사람이라서… 생존 확률이 희박해 보여서… 그래서 오지 않은 거예요? 그런 거예요?"

상혁은 주희에게 까딱 목례하더니 자리를 떠버렸다.

상혁이 지금 그 일을 기억이나 하고 있을까만, 주희에겐 절대 잊을 수 없는 억울하고 괘씸한 일로 남아 있었다.

3년 가까이 지속된 소송을 겪으며 주희의 평판은 바닥으로 추락했다. 소송에서는 무죄로 최종 판결을 받았지만 한번 추락한 평판은 회복하기 힘들었다.

반전의 계기가 찾아온 건 어느 아침방송 PD의 섭외 전화를 받으면서였다. 패널로 출연한 건강정보 코너에서 주희는 미모와 세련된 어법, 신뢰감을 주는 적절한 멘트로 시청자들을 사로잡았다. 얼마 안 되어 주희는 의료 관련 교양프로그램 PD들이 선호하는 패널로 거듭났다. 미모의 산부인과 의사로 유명세를 타면서 그녀를 찾는 환자들이 늘었고, 주희는 산부인과 에이스의 위치로 올라섰다. 그리고 차기 산부인과 과장이 될 거라고 기대하고 있었다. 사실 주희는 그보다 더 높은 곳을 보고 있었다. 그녀에게는 야심이 있었다.

02-13 AM 07:13

창밖은 아직 어둑했지만, 주희는 제왕절개 수술을 앞둔 환자 상태를 보기 위해 일찌감치 분만 병동으로 향했다.

5층에 있는 병동은 한주희의 기획과 실행력으로 완성한, 산모와 영아들의 요람이었다. 전체적인 구조는 병실 11개가 간호사실을 U자형으로 둘러싸고 있는 형태였다. 수익을 추구하는 병원 입장에서는 분만이야말로 알짜배기 사업 모델이었다. 이 요람에서 만족스러운 출산을 경험한 산모는 수년 동안 병원의 단골 고객으로 남았다. 그런 충성 고객들을 유치하기 위해 수술실도 최대한 아늑하고 매력적인 공간으로 꾸며 놓았다. 은은하고 부드러운 조명과 고급 실크 커튼, 이태리산 가죽 안락의자, 최신식 온도 조절기까지 설치되어 있었다.

수술실에는 태교 음악이 잔잔하게 흐르고 있었다. 이번 환자는 우즈베키스탄 국적을 지닌 고려인 출신의 미혼모였다. 산부인과에 등록된 이름은 조은주, 실제 이름은 이고레브나였다. 자궁내막증 환자 이고레브나로 입원했다가 산부 조은주가 된 것이다.

주희는 둥글게 부풀어 오른 환자의 아랫배를 10번 메스로 가로 절개했다. 곧이어 피부와 황금빛 피하지방을 분리했다. 능숙하고 거침없는 손놀림이었다. 출혈이 붉은 꽃송이처럼 피어올랐다. 주희는 흰색 가제로 출혈 지점을 지혈했다. 복부 근육을 덮고 있는 근막을 들어올리자 그 아래로 붉은색 근육이 드러났다. 이어 반투명에 가까운 얇은 복막을 제거했다. 그러자 붉은 자줏빛을 띤 두꺼운 근육층으로 된 자궁이 모습을 드러냈다. 주희는 메스로 재빠르게 자궁을 갈랐다.

열린 자궁 틈으로 꼼지락거리는 발가락, 앙증맞은 무릎, 다리가 보였다. 어리고 약한 생명체가 주희의 손안에서 발버둥치고 있었다. 머리가 산도 깊숙이 들어가 있는 터라 아이를 밖으로 빼내기가 쉽진 않을 것 같았다. 주희는 아이의 허리를 잡고 번쩍 일으켜 세운 다음 쑤욱 잡아당겼다.

드디어 아이가 자궁에서 벗어났다.

주희가 탯줄을 잘랐다.

간호사가 아이를 강보에 싸고 아프가 점수*를 쟀다.

주희는 절개 부위를 통해 태반을 꺼냈다. 산모의 자궁 안에 남은 핏덩어리와 부스러기를 깨끗한 가제로 말끔히 닦아냈다. 그런 다음 튼튼한 흡수성 봉합실로 자궁을 봉합했다. 같은 실로 근막을 붙여 꿰매고 피부도 봉합했다.

"수술 끝! 수고했어요." 주희가 마취과 의사와 간호사들에게 말했다.

---

*아프가 점수: Apgar score. 1952년 마취과 의사 버지니아 아프가가 출산 직후 신생아의 건강 상태를 빠르게 평가하기 위해 만든 점수 시스템이다. 신생아를 다섯 가지 항목에 따라 한 항목에 최소 0점, 최대 2점을 주고, 이 점수를 다 합해서 상태를 평가하게 된다. 즉, 아프가 스코어의 총점 범위는 0점에서 10점까지이다.

조은주는 회복실로, 아이는 신생아실로 옮겨갔다.

간호사가 아이를 안고 신생아실에 들어서자, 대기하고 있던 진짜 조은주와 그의 남편이 번쩍 일어나 아이 앞으로 다가갔다.

6시간 뒤, 가짜 조은주는 퇴원 수속을 마치고, 비로소 이고레브나가 되어 퇴원했다.

아직 얼굴이 부어있는 상태로 서둘러 퇴원하는 이고레브나의 뒷모습을 한 사내가 유심히 쳐다보고 있었다.

5장

한동제약 영업부 이사
박병도

5

02-13 PM 01:24

'조은주? 뭔가 이상한데, 저 여자.' 눈치 백단인 박병도는 단박에 알아차렸다. 저 조은주라는 환자는 한국인과 흡사한 외모였지만, 어딘가 모르게 이국적인 분위기가 물씬했다. 심부름센터에 의뢰해 알아본 바로는 우즈베키스탄 국적의 고려인, 이름은 이고레브나라고 했다.

제대로 된 물증을 잡아야겠지만, 이고레브나는 대리모로 고용된 것이 분명했다. 이게 사실이라면 보통 일이 아니었다. 국내 최고의 대학병원 산부인과 과장이, 병원 내에서 버젓이 대리모 비즈니스를 한다?

한주희 교수의 비밀을 알고 나서 박병도는 충격과 번민에 빠졌다. 박병도는 지금 차상혁의 지시에 따라 움직이고 있었다. 그는 이 사실을 상혁에게 보고해야 하나 고민하고 있었다.

국내 제일의 제약회사인 한동제약 브로커 박병도에겐 한주희도 VIP 고객이었다. 산부인과와 관련된 신약이 개발되면 임상 시험에 도움을 줬고, 처방약으로도 채택해 주었다. 물론 이 과정에서 한주희에게 섭섭지 않은 액수가 건네졌다. 한주희는 투자비가 많이 드는 고객이었지만, 깔끔하고 정확했다. 비용을 훌쩍 뛰어넘는 수익을 보장받을 수 있기에, 투자할 가치가 충분했다. 한주희 과장의 도움으로 박병도는 얼마 전 영업이사로 승진까지 했다. 둘은 그렇게 악어와 악어새로 공생하는 관계였다. 한주희는 친밀하고 우아한 악어였다.

차상혁 교수와도 비슷한 관계를 유지해 왔다. 그를 관리하는 데에도 돈이 드는 건 마찬가지였다. 다만 한주희가 현금 위주로 이익을 취하는 데 만족한다면, 차상혁은 현금 외에도 다른 요구 사항이 많았다. 새벽녘 술자리에 불려 나가 대리운전을 하는 건 기본이었다. 해외의 유명 오페라 공연팀이 내한할 때면 VIP석을 예약해 줬고, 심지어 약혼녀와 첫 동침하던 날 호화 리조트를 예약해 준 것도 그의 몫이었다. 그럴 때마다 이런 일까지 해 줘야 하나, 싶은 생각에 자존감이 바닥을 쳤지만, 어쩔 도리가 없었다. 차상혁은 자타공인 명진 제국의 실세이자 후계자였다. 박병도는 그를 통해 명진의료원 내 네트워크를 확보할 수 있었고, 브로커로서의 명성을 쌓을 수도 있었다. 괜히 그의 심기를 건드렸다간 영업실적이 곤두박질치고 회사 매출도 타격을 입을 게 뻔했다.

  회사 근처 식당에서 한참 늦어버린 아침을 먹고 있을 때 휴대폰이 울렸다. 차상혁이었다. "박 이사님, 지금 바로 병원으로 올 수 있죠? 잠깐 좀 봅시다."

  "알겠습니다." 박병도는 바로 숟가락을 내려놓고 병원으로 달려갔다. 상혁의 지시가 떨어지면 박병도는 파블로프의 개처럼 반응했다. 차상혁은 결벽적인 성과주의자이자 비정한 보스였고 박병도는 매분 매초 그의 미세한 표정 변화까지 살펴야 하는 수습사원에 불과했다. 둘 사이의 위계는 이 세계에서 당연한 질서였다.

  병원으로 가는 중 한주희에게서도 전화가 걸려 왔지만 받지 않았다. 직감적으로 그 전화를 받으면 안 될 것 같았다.

  주차장에 차를 세우고 차상혁에게 메시지를 보냈다. 자기가 직접 주차장으로 내려오겠다고 했다. 내부 직원들 시선을 의식하는 것 같았다. 그새 한주희가 보낸 문자 메시지와 음성 메시지 수십 통이 와 있었다. 지금도 오고 있었다. 메시지 보는 대로 연락하라는 문자였다. 박병도는 한주희와 차상혁 둘 사이에 뭔가 심상찮은 충돌이 벌어지고 있다는 걸 직감했다.

  차상혁이 박병도의 아우디 A8 앞유리창을 톡톡 두드렸다. 박병도가 도어록을 풀었고, 차상혁이 문을 열고 들어와 조수석에 앉았다.

박병도의 예감이 들어맞았다. 무슨 사연인지 별안간 차상혁은 한주희의 뒤를 캐달라고 지시했다.

"잘 아시겠지만, 아무한테도 말해선 안 되고, 은밀하게 해주세요."

박병도는 이번 일만큼은 거부하고 싶었다. 그가 곤혹스러운 얼굴로 말했다. "무슨 일이신지 모르겠지만, 저로선 좀 난처합니다."

"아, 그러시구나." 차상혁이 특유의 무심한 투로 말했다.

"한 과장님도 저한텐 중요한 고객인지라…." 박병도가 상혁의 눈치를 보며 말했다.

"사냥개가 사냥을 거부한다. 그럼 그 사냥개는 어떻게 되는지 알아요?" 차상혁이 건조한 미소를 픽, 지었다. "다음 사냥감이 되는 거지. 다음 사냥개에 의해. 무슨 말인지 알아요?"

박병도의 얼굴이 화끈 달아올랐다. 매번 당하는 일이지만, 차상혁의 조롱 섞인 공격을 받을 때마다 카운터펀치를 연타로 얻어맞은 것처럼 정신이 혼미해지곤 했다. 이번에는 심리적 타격이 이전에 비해 훨씬 더한 것 같았다. 한주희와 얽힌 일이라 그런 것인지도 몰랐다.

"알아들은 것 같으니 다시 한번 말합니다. 한주희 뒤를 캐봐요. 분명 구린 구석이 나올 겁니다. 당신 개코라서 그런 냄새 잘 맡잖아?" 차상혁이 박병도의 가슴을 가볍게 툭 치며 말했다.

차상혁은 한주희가 남편의 정치자금을 마련하기 위해 뭔가 불법적인 일을 벌이고 있는 건 아닌지 의심하고 있었다.

"박 이사도 알죠? 한 과장 남편이라는 작자, 몇 년째 정치판을 기웃거리고 있잖아요? 이제 조만간 총선 있고, 그거 대비하려면 돈이 많이 필요할 텐데. 그 많은 돈이 다 누구 주머니에서 나오겠어요?" 상혁이 총총히 눈빛을 빛냈다. "한 과장이 돈을 대주는 게 분명해요. 근데 박 이사도 알다시피 산부인과 의사 월급이야 뻔하고 양쪽 집안에서도 원조 끊긴 지 오래된 걸로 아는데… 그럼 나머지 비용을 대체 어떻게 충당하냔 거지?" 상혁이 말했다.

"왜 이러세요, 정말." 박병도가 사색이 된 얼굴로 말했다. "괜히 한 과장님 잘못 건드렸다가 역공이라도 당하면 어쩌시려고."

"노 노. 그럴 일 없어요. 나도 한 과장과 원수지간이 되는 건 바라지 않아요. 오히려 한편이 되길 바라요. 한 과장 같은 사람하고 척을 지면 평생이 고난이거든." 상혁은 당연하단 듯 말했다.

"…전 못 합니다." 박병도가 완강한 태도로 말했다. "저 같은 사람에게도 의리란 게 있답니다."

상혁이 잠시 잠자코 있더니 박병도를 바라보며 물었다. "박 이사, 올해 몇이죠?"

"예?"

"나이 말이에요."

"마흔다섯입니다."

"마흔다섯, 지켜야 될 게 많은 나이죠." 차상혁이 박병도의 눈을 똑바로 응시하며 말했다. "지킬 게 많은 사람은 줄을 잘 서야 합니다. 앞으로 40년쯤 남은 여생의 안녕과 평화가 어느 쪽에 있는지, 모쪼록 현명하게 판단하고 선택하세요."

박병도가 대답 대신 한숨을 푹, 내쉬었다. 선택할 수 있는 입장이 아니란 걸 알고 있었다.

"나랑 평생 가야죠." 차상혁은 박병도의 어깨에 팔을 두르며 말했다.

"하나만 여쭙겠습니다." 박병도는 무기력한 투로 물었다. "차 교수님께서 목표하시는 바가 뭡니까? 결론을 알아야 저도 서론과 본론을 깔아 보죠."

"뇌사 판정이요. 뇌사판정회의 때 오기태 교수님의 뇌사 판정이 반드시 통과되길 원합니다."

02-13 PM 02:42

오후 회진을 일찌감치 마친 뒤 상혁은 교수연구실로 돌아왔다. 몇 개의 차트를 건성으로 넘겨보다 말고, 책상 위에 툭 던져 버렸다. 지금 차상혁에게 환자들의 생사나 수술 성공률 따위는 안중에도 없었다. 오기태. 오직 오기태, 단 한 사람에게만 상혁의 모든 의식이 집중돼 있었다. 생과 사의 경계 위에 위태롭게 서 있는 자. 여태껏 상혁의 손은 그런 자들을 생으로 끌어당기는 역할이었다. 하지만 지금 이 순간, 상혁은 할 수만 있다면 오기태의 등을 있는 힘껏 죽음으로 떠밀고 싶었다.

들끓는 불안을 참지 못한 상혁이 자리에서 벌떡 일어서던 그때, 휴대폰이 울렸다. 한나가 보낸 메시지였다.

'상혁 씨 병원이지? 자기 걱정돼서 일정 취소하고 한국 들어왔어ㅠㅠ'
'10분 뒤에 정문으로 나와. 나랑 같이 저녁 먹자 :) '

상혁은 신의 구원을 받은 죄인처럼 몸을 부르르 떨었다. 지금 상혁에게 희망이 되어 주는 건 이한나의 애정, 그 하나뿐이었다.

상혁은 서둘러 가운을 벗어 던지고 서류 가방을 챙겨 교수연구실을 벗어났다. 엘리베이터에서 내려 로비를 나가기 무섭게 영하의 한기에 몸이 시려왔다. 정문 앞 발레파킹 구역에 한나의 포르쉐가 주차되어 있었다. 가슴 깊은 곳에서 뜨끈한 온기가 퍼져나갔다. 상혁이 운전석 옆 창문을 노크하자 한나가 도어록을 풀고 문을 열어줬다.

"저기요. 누구세요?"
"요즘 잠을 통 못 잤어."

"어머, 내 약혼자였네? 나는 영안실에서 걸어 나온 시체인 줄."

한나가 장난스러운 미소를 지으면서도 안쓰럽단 듯 상혁의 뺨을 쓰다듬었다.

"당신이 정말 그리웠어. 정말로." 상혁은 진심으로 말했다.

"나도 일주일이 일천 년 같았어. 밀린 얘기는 밥 먹으면서 하자. 우선 가는 동안 잠깐 눈 좀 붙일래?"

"그럴까?"

상혁은 좌석을 조금 뒤로 젖히고 눈을 감았다. 한나의 향수 냄새가 코 끝에 와 닿았다. 마음이 평온해지고 슬그머니 졸음이 쏟아졌다. 내가 있어야 할 곳은 이곳이다. 상혁은 완전한 안정감을 느꼈다.

갑자기 상혁이 앉은 조수석 시트가 완전히 젖혀졌다. 이내 한나의 머리카락이 얼굴을 간지럽혔고 뜨거운 몸의 온기가 상혁의 몸을 훅 덮쳐 왔다. 한나의 두 무릎이 상혁의 허리를 조이고, 그녀의 따뜻하고 향기로운 콧김이 상혁의 굳은 얼굴에 온기를 불어넣었다. 상혁은 눈을 감은 채로 두 팔을 들어 올려 한나를 부드럽게 안았다. 한나의 화려한 네일팁이 상혁의 셔츠 단추를 풀기 시작했다.

"병원에서 괜찮겠어?" 상혁이 한나의 엉덩이를 쓰다듬으며 엷게 웃었다. 그러는 새 한나가 상혁의 입술과 귓등, 목덜미, 가슴에 차례로 입을 맞췄다.

그러더니 갑자기 상혁의 목을 조르기 시작했다.

한나의 손목에 점점 힘이 가해졌다. 상혁의 입에서 신음이 흘러나왔다. 과격한 애정 표현이라 생각하고 견뎌보지만, 조르는 힘이 너무 세다. 이러다 죽을 것 같다.

"저기, 한나 씨. 잠깐만. 너무 세. 나 죽을 것… 같아."

상혁이 한나의 손목을 잡으며 눈을 떴다. 한나가 웃고 있다. 아니, 한나가 아니다.

"그래. 너 같은 살인자 새끼는 죽어 버려야 해." 한주희, 그녀다.

"죽어! 죽어 버렷!!"

순간 상혁은 악, 비명을 내지르며 벌떡 몸을 일으켰다. 동시에 다른 한 사람이 으악, 비명을 토하며 벌러덩 넘어졌다. 상혁 옆에 붙어 있던 신종수였다. 스승을 악몽에서 구해내기 위해 상혁의 몸을 흔들고 있었던 모양이었다.

"괜찮으십니까?" 신종수가 엉덩이를 툭툭 털며 물었다.

"이 자식, 좀 빨리 깨웠어야지."

"죄송합니다."

"들었어? 내가 뭐라고 잠꼬대했는지." 상혁이 불안한 눈길로 물었다.

신종수가 팔을 허공에 내젓는 시늉을 하며 말했다. "손을 이러시면서 '아니라고, 나는 아니라고!' 이러셨어요. 도대체 뭐가 아니라는 겁니까? 누가 여기가 밖이라던가요?" 신종수가 자못 진지한 얼굴로 물었다.

상혁은 신종수의 싱거운 농담에 어쩐지 위로가 되는 기분이었다. 녀석에게 앞으로 친근하게 대해 줘야겠다고 다짐했다. "몰라. 악몽을 꿨나 봐. 무서웠어."

"교수님이 더 무서웠어요."

"내가?"

"막 눈을 이렇게, 이렇게 뒤집어 까시면서 입에 게거품을 물고…. 어휴, 무슨 오컬트 영화 찍는 줄 알았다니까요."

"뻥 치지 마, 새꺄."

"뻥은 교수님 전공이죠. 매번 이번 수술만 들어오면 쉬게 해줄게, 그래놓고 이번 수술이 내리 20건이 되잖아요?"

"자식이?"

상혁이 주먹을 휘둘렀고, 신종수가 냉큼 피했다. 신경외과 서전다운 순발력이었다.

"집에 들어가서 좀 쉬시죠? 교수님부터 건강하셔야 죽어가는 생명들을 살려내시죠." 신종수가 존경심을 담아 말했다.

"그래. 그래야겠다." 이어 상혁이 애써 긴장을 숨기며 물었다. "그나저나 오 교수님은, 여전하시지?"

"예. 그렇죠, 뭐." 신종수가 순식간에 굳은 얼굴로 말했다. 상혁은 고개를 끄덕거렸다. 난생처음 신의 존재를 믿게 되는 순간이었다. 신이 나를 살려주고 있다. 오기태 그 하나의 죽음으로 내가 더 많은 환자를 살릴 수 있도록.

그때 상혁에게 메시지가 왔다. 미리보기 화면에서 〈이한나 님의 메시지〉가 뜬 것을 확인한 상혁은, 메시지를 열어 보려다 말고 휴대폰을 서류 가방에 집어넣었다.

한주희의 남편 정민철은 직업 정치인이었다. 4년여 전 정치 초년생 시절에는 유망 정치인으로 손꼽히던 인물이었다. 여당 대표의 대변인을 지내다 지난 21대 총선에 공천을 신청했지만 탈락하고 말았다. 하필 당에서 전략 공천 지역구로 확정한 곳에 신청한 탓이었다. 의욕만 앞섰지, 정치적인 안목과 전략이 부재한 탓이기도 했다. 권모술수가 판치는 정치판의 생리에 미처 적응하지 못한 신출내기의 예정된 결말이었다.

한주희도 남편의 탈락에 크게 실망했다. 그녀는 고등학교 때부터 미모의 전문직 여성을 꿈꿨고, 의대에 진학해 산부인과 의사가 되면서 꿈을 이뤘다. 거기까진 아주 잘해 낸 편이었다. 그 이상으로 높이 올라서기 위해선 조력자가 필요하다는 걸 절감했다. 아내의 꿈을 지지하고 뒷받침이 되어줄 수 있는 사내, 대중을 휘어잡을 수 있는 카리스마와 권력욕이 강한 파트너가 필요했다.

소개팅을 통해 남편을 처음 만났을 때, 자신에게 딱 맞는 스타일이라는 인상을 받았다. 한주희가 기꺼이 우러러볼 수 있는 진정한 남자, 치열한 노력 끝에 반드시 해내고야 마는 남자, 그녀가 운명처럼 짝으로 맺어지길 기다려 온 남자로 보였다. 그동안 한주희를 스쳐간 사내들은 하나같이 볼품없이 작고 못생기고, 뻔한 허세로 노골적인 성욕이나 채우려 드는 망나니 마초들이었다. 말이 그렇지, 한주희 정도의 스펙을 갖춘 여자의 환심을 사기 위해 접근한 사내들이라면 고학력자에 상당한 재력가이거나 고위직 공무원 정도는 됐을 것이다. 하지만 한주희의 눈에는 다들 고만고만한 난쟁이로 보였을 뿐이었다.

정민철 같은 남자를 만날 수 있어서 다행이다 싶었다.

내원 환자의 시어머니가 한주희를 막내며느리로 삼고 싶다며 소개팅을 주선했다. 내키지 않았지만 예의상 한번 만나 보기로 했다.

3월의 어느 봄날, 선선한 날씨였다. 한주희는 모처럼 풀메이크업을 하고 베르사체 투피스 정장 차림으로 약속 장소인 호텔로 향했다. 그런데 이게 웬일인가 싶었다. 호텔 라운지에서 처음 마주친 순간부터 불꽃이 튀었다. 짝짓기를 위한 만남에서 '운명'이라는 단어를 떠올린 건 그때가 처음이었다. 그는 한주희의 이상적 판타지를 완벽하게 만족시킬 수 있는 남자였다. 외모도 그만하면 준수한 편이었고, 3 대 7 가르마로 완성한 단정한 헤어스타일, 슈트핏도 섹시했다.

백수나 다름없는 정치 지망생이라는 점이 좀 걸렸지만, 그가 지닌 야심이 앞으로 펼쳐 보여줄 무한한 가능성에 인생을 걸어 보기로 내심 작정했다. 대화도 잘 통했다. 서로의 야심과 야심이 화학 작용을 일으키며 대화의 통로를 훤히 밝혀 줬기 때문이었다.

한주희가 애프터 신청을 했고, 다시 만나기로 약속했다. 그녀가 먼저 자리에서 일어섰다. 몸과 마음이 알 수 없는 열기로 달아오르는 기분이 들어서였다. 메뉴판을 들어 얼굴에 부채질을 해봤지만 열기가 가라앉지 않았다.

카페에서 나온 두 사람은 나란히 출입문 쪽으로 향했다. 막 회전문에 들어서려던 한주희가 우뚝 멈춰 섰다.

"모처럼 이런 곳에 왔는데 그냥 헤어지기엔 좀 아쉽지 않나요?" 한주희가 단도직입적으로 말했다.

"저도 그렇습니다. 서로 생각이 통했네요." 정민철이 단정한 미소를 지으며 화답했다.

두 사람은 곧장 다음 단계로 돌입했다. 룸으로 향하는 엘리베이터에서 정민철이 한주희를 벽 쪽으로 밀어붙였다. 누가 먼저랄 것도 없이 서로의 머리를 끌어당겼고, 맹렬한 키스로 이어졌다.

이후 관계는 급속도로 진전되었고, 결혼이라는 유람선을 타고 목적지에 정착했다.

결혼 전부터 정민철은 한주희의 기대에 부응했다. 그녀가 재기하는 데 결정적 역할을 해준 것이다. 사실 한주희를 캐스팅했던 PD가 정민철의 대학 동기였다. 첫 출연 이후 여러 프로그램에 고정 패널로 나가면서 한주희는 산부인과 의사들 중 몇 안 되는 셀럽으로 부상할 수 있었다. 두 사람의 결혼식에 몇몇 유력 정치인들이 참석했고, 한주희는 든든한 정치적 배경을 지닌 무시할 수 없는 존재로 떠올랐다.

그러다 정민철이 공천에서 밀려나면서 환상이 깨졌다. 정민철은 당의 요직에서도 밀려났고, 정치적 낭인의 처지로 전락했다. 잠깐 이혼을 생각했을 만큼 부부 관계도 위기를 맞았다.

어느 날 새벽, 홀로 잠들어 있던 한주희는 문을 탕탕 두드리는 소리에 놀라 잠에서 깼다. 현관문 밖에서 취한 목소리로 웅얼거리는 남편의 목소리가 들려왔다. 외시경으로 확인해 보니, 남편이라는 작자의 몰골이 말이 아니었다. 불콰한 얼굴에 헝클어진 머리, 넥타이는 헐겁게 풀려 있고 횟집에서 퍼마셨는지 셔츠 앞자락에 초고추장이 얼룩져 있었다. 드라마에서 자주 본 전형적인 취객의 몰골이었다. 저 인간은 내 남편이 아니다. 그저 엉망으로 취해 집을 잘못 찾아온 한심하고 못난 취객일 뿐이다.

한주희는 밖에서 일이 좀 안 풀렸다고 해서 술에 잔뜩 취해 돌아와 허세나 부리는 평범하고 너절한 남편의 모습에 짜증이 솟구쳤다. 물릴 수 있다면 결혼을 없던 일로 하고 싶었다. '내 남편이 저토록 한심한 남자였다니.' 인정하고 싶지 않았고, 용납할 수도 없었다. 문을 열어주고 싶은 마음도 싹 가셨다. 뭔가 정신이 번쩍 들게 할 만한 자극이 필요해 보였다.

"초인종은 폼으로 달아 둔 줄 알아?" 주희가 안전고리를 풀고 문을 열어주며 말했다.

"야! 이게 어디서…." 정민철이 삿대질하며 주절거렸다.

"오늘은 방에 들어오지 마." 한주희가 턱짓으로 소파를 가리키며 말했다.

휙 돌아선 한주희가 안방으로 향하자, 정민철이 비척비척 소파로 걸어갔다.

"씨발, 너도 나 무시하냐?" 소파에 털썩 주저앉은 정민철이 주희의 뒷모습을 노려보며 말했다. 다시 휙 돌아선 주희도 남편을 노려봤다. 그러자 민철이 두 손으로 얼굴을 감싸며 훌쩍거렸다. 주희의 가슴에 실망을 넘어 분노가 차오르기 시작했다.

"일어서!" 주희가 남편의 멱살을 잡아 일으키며 소리쳤다. "야, 너 정말 정민철 맞아? 고작 그거였니? 고작 그 정도 인간이었어?"

"주희야! 나 이제 어떡하니?" 민철이 머리를 주희의 품에 비벼대며 말했다. 참다못한 주희가 민철을 확 밀어 버렸다. 다시 소파에 주저앉은 민철이 한숨을 푹 내쉬며 말을 이었다. "윤을식 그 능구렁이가 공천위원장이 될 줄 내가 어찌 알았겠어. 씨발, 그게 썩은 동아줄인지도 모르고 권정도 그 교활한 노인네 꽁무니만 따라다녔으니…."

주희는 조용히 그림자처럼 남편 옆에 앉아 한동안 물끄러미 민철을 바라보았다. 그러다 두 손으로 민철의 옆얼굴을 꽉 잡고 흔들어 대며 말했다. "정신 차려 정민철! 세상 끝난 게 아니잖아. 당신 옆엔 내가 있어. 한주희 남편답게 행동하라고! 다시 시작하는 거야. 아직 제대로 싸워 보지도 않았잖아." 주희가 민철의 양복 깃을 톡톡 두드리며 말을 이었다. "내가 반드시 여기에 의원 배지 달아줄 거야. 알지? 내가 한다면 한다는 거."

"알아. 고마워. 그리고 미안해." 민철이 고개를 끄덕이며 말했다.

"내가 누구라고?" 주희가 냉큼 물었다.

"한주희! 나의 아내, 나의 주님. 그래. 당신은 나의 주님이야." 민철이 두 손 번쩍 쳐들며 "할렐루야!" 하고 외쳤다.

주희는 다시 남편을 일으켜 세웠다.

"주님 만나려거든 물세례부터 받으세요."

민철의 등을 밀며 욕실로 몰아간 주희는 그를 샤워부스 안에 밀어 넣고 샤워기로 찬물을 뿌려 댔다.

술이 확 깬 정민철의 몸이 로봇처럼 굳으며 다시금 의지를 다지는 모습이었다. 한주희는 남편이 젖은 옷을 벗고 알몸으로 욕실 거울을 들여다보는 걸 가만히 지켜보다가 조용히 거실로 나왔다. 화가 치밀고 마음이 복잡했다. 그녀는 외투와 지갑을 챙겨 밖으로 나와 박병도에게 전화를 걸었다.

다른 VIP 고객 접대를 마치고 익선동 포장마차 골목에서 느긋하게 소주잔을 기울이고 있던 박병도는 뜻밖의 전화를 받고 반사적으로 통화 버튼을 눌렀다.

"웬일이세요, 한 과장님?"

"박 이사님 어디세요?" 코맹맹이 소리가 살짝 섞인 한주희의 목소리가 고혹적으로 들려왔다.

"아, 여기요? 저는 익선동에서 한잔하고 있습니다만…. 종로3가 포장마차 골목 아시죠?"

"혼자세요?"

"예 뭐…. 때로는 혼술이 묘하게 위로가 되더라고요."

"어머, 우리 박 이사 외로워서 어쩌나. 내가 대작해 드릴까?" 주희가 친근한 목소리로 말했다.

"예!? 정말이세요? 그래 주시면 저야 감사하죠." 박병도가 감격한 어조로 말했다.

"그럼, 거기서 볼까요? 야누스."

"옙! 바로 달려가겠습니다."

박병도가 달려갔을 때 주희 혼자 와인바 야누스에서 기다리고 있었다. 이미 꽤 취해 있었고, 이전에는 없던 흐트러진 모습을 보였다. 박병도는 내심 사적인 연민과 공적인 입장 사이에서 힘겹게 균형을 맞춰야 했다. 금세 만취 상태에 돌입한 그녀는 가슴에 꼭꼭 눌러 담아 둔 내밀한 얘기들을 늘어놓기 시작했다. 누군가 자기 얘기를 들어줄 상대가 필요했던 모양이었다. 그 자리에서 한주희의 숨은 내력과 함께 야심에 찬 그녀의 계획도 알게 되었다. 뜻밖의 수확이었다.

"반드시 남편에게 의원 배지를 달아줄 거야. 그렇게만 되면 아무도 날 무시할 수 없어. 이준모 이사장도 날 아랫사람 대하듯 할 수 없을걸. 남편은 보건복지위원회 소속으로 의정 활동을 하게 될 테고, 난 그 후광을 입고 위로 더 큰 세상으로 올라갈 거야. 나라고 나랏밥 못 먹을 거 있어? 안 그래요, 박 이사님?"

"그럼요. 교수님 정도면 그 이상도 가능하다고 봅니다." 박병도가 아부하듯 말했다.

"그래요? 그럼 박 이사님도 잘 좀 도와주세요."

"물론이죠. 힘닿는 데까지 노력해 보겠습니다." 박병도가 은근슬쩍 한주희의 손등에 자기 손을 얹으며 말했다. 한주희는 빙긋 웃더니 손을 뺐다.

02-13 PM 06:26

예상은 했지만, 한주희의 꿈은 생각보다 거대했다. 그녀는 정치 컨설턴트를 고용해 남편을 단련시키는 것부터 시작하겠다고 밝혔다.

그때부터였던 것 같았다. 돈이 많이 필요했을 테고, 산부인과 의사 월급과 방송 출연료만으로 감당할 수가 없었을 것이다.

하지만 아직 명확하게 밝혀진 사실은 없었다. 아직은 확실한 증거가 없었다. 박병도는 제발 아니기를 바랐다.

그때 진동으로 설정해 둔 대포폰이 부르르 울렸다. 심부름센터 직원이었다.

"어떻게 됐습니까?" 박병도가 물었다.

"대리모가 맞는 것 같습니다. 녹음 파일 보내드릴게요. 들어 보시면 아주 기가 막힐 겁니다."

박병도는 비밀 탐정을 방불케 하는 직원의 접근법에 감탄했다. 그 역시 불법의 세계에서 좌충우돌하며 잔뼈가 굵어 왔을 직원은 영리하고 교활한 방식으로 이고레브나에게 접근했다. 그녀는 고려인 출신들이 모여 사는 K시의 한 마을에 거주하고 있었다. 그녀가 원룸촌의 한 건물로 들어갈 때까지 뒤를 밟았고 호수까지 알아냈다.

직원은 마트에 들러 산후조리에 좋다는 미역, 호박즙, 족발, 식혜, 생선 등의 식료품을 잔뜩 사 들고서, 저녁 즈음 이고레브나가 사는 원룸 건물로 갔다.

녹음이 시작된 건 이때부터였다. 노크하기 직전 녹음 버튼을 누른 것 같았다.

똑, 똑!! 직원이 문을 두드린다.

안에서 누군가 힘겹게 움직이는 기척이 들려온다.

"누구세요?" 이고레브나로 보이는 여자의 불안한 목소리.

"아, 조은주 사모님 심부름으로 왔는데요." 직원이 말한다.

이고레브나는 아무런 의심 없이 문을 열어줬을 것이다. 그녀가 식료품 봉투를 받으려 하자 직원이 옮겨 주겠다고 하며 자연스럽게 안으로 들어갔다.

그걸로 게임 끝이었다. 직원은 물 한 잔을 부탁하며 자연스럽게 식탁 의자에 앉았다.

"정말 좋은 일 하십니다. 사실 우리 부부도 7, 8년째 아이가 없어서 마음고생이 이만저만 아니거든요. 저희도 슬슬 이런 방식을 생각해 봐야겠네요." 직원이 말했다. 타깃의 환심을 사는 데 능란한 프로의 역량이 빛을 발했다. 이고레브나는 완전히 경계심을 풀고 직원이 유도하는 질문에 순순히 답을 털어놓았다.

이고레브나는 우즈베키스탄 국적의 전직 교사였다. 아버지와 남동생이 큰 병에 걸렸고, 수술비 마련을 위해 한국행을 감행했다. 식당, 건설 현장, 봉제 공장, 고물 수집업체 등에서 닥치는 대로 일했지만, 생각보다 수입이 적었다. 월급을 떼이기도 했고, 가는 현장마다 부당한 대우와 성추행까지 견뎌내야 했다. 그러다간 자기마저 병에 걸리고 말 것 같았다. 그때쯤 대리모 브로커가 접근해 왔다. 의뢰인 부부의 수정란이 그녀의 자궁에 착상하면 계약금 1천만 원, 이후 9달 동안 매달 120만 원의 생활비를 받으며 출산에 성공하면 잔금 2500만 원과 산후조리 비용까지 추가로 받는 조건이었다. 온갖 수모와 부당한 대우를 받아 가며 험한 일터를 전전하느니 출산에 따르는 위험을 감수하더라도 차라리 대리모 일을 하는 게 나을 것 같았다. 수익도 훨씬 높았다. 3500만 원이면 가족의 병원비를 충당하고도 남는 액수였다.

그렇게 시작되었다.

직원은 그 사실을 의사도 알고 있는지 은근히 물었다. 이고레브나가 그럴 거라고 대답했다. 환자 등록부터 담당 의사 한주희가 적극적으로 개입해 의뢰인 조은주 이름을 쓰게 했다는 것이었다. 한주희라는 이름이 이고레브나의 입에서 나왔다. 확실한 증거였다.

이고레브나의 말에 따르면, 그녀가 거주하는 원룸촌에 대리모 일을 하는 젊은 여자들이 여럿 있다는 것이었다. 두 번, 세 번 거듭하며 아예 대리모를 직업으로 삼아 살아가는 여자도 있다고 했다.

박병도는 한주희의 실체를 확인하고 경악했다. 머릿속에서 그녀와의 관계를 어서 정리하라는 경고음이 울렸다. 이 불법적인 거래에 관련된 사람들이 철저하게 비밀을 지킨다고 해도, 언젠가 밝혀지고 말 것이다. 벌써 차상혁이 냄새를 맡고 있지 않은가

박병도는 웬만하면 한주희의 허물을 덮어주고 지켜주고 싶었

다. 한주희의 성공과 함께하며 그녀의 라인을 타고 올라가 차상혁의 억압적 영향력에서도 조금씩 벗어나게 되길 바랐다.

무엇보다 박병도는 내심 한주희의 인공적인 아름다움을 사랑하고 추앙했다. 그녀의 허영기마저 사랑스러웠다. 그녀에게 대가성으로 갖다 바치는 선물과 돈이 전혀 아깝지 않았다. 한주희에게 기쁨을 안겨 줄 수 있어서 그도 기뻤다. 그녀의 아름다움을 가까이서 볼 수 있다는 것, 박병도가 명진의료원에서 누리는 유일한 즐거움이었다.

"나랑 평생 가야죠." 낮에 들었던 차상혁의 목소리가 박병도의 명치를 압박해 왔다.

이제는 한주희와 함께했던 모든 걸 청산할 때였다. 덮어주기에는 너무 엄청난 사건이었다. 자칫 공모 관계로 엮일 가능성도 있었다. 안 되지. 박병도의 플라토닉한 사랑이 막을 내리고 있었다. 한주희의 계획도 결국 비극으로 막을 내릴 것이다. 대세는 기울었다. 주사위가 던져졌다. 차상혁이라는 황금 동아줄을 더욱 단단히 틀어쥘 수밖에 없었다.

박병도는 차상혁에게 전화를 걸었다. 그가 기다렸다는 듯 전화를 받았다.

"알아봤어요?" 상혁이 대뜸 물었다.

"충격적이네요. 대리모가, 맞았습니다."

박병도는 그동안 알아낸 사실을 모두 들려주었다.

"브로커는 만나 봤어요?" 상혁이 물었다.

"아직 거기까진…. 그놈 연락처는 알아냈습니다."

"아, 그래요. 암튼 수고했어요." 상혁이 뭔가 짚이는 구석이 떠오른 듯 내처 말했다. "청담동 명품 거리에 가면 살룬부티크라는 작은 의상실이 있어요. 거기 한번 가보시겠어요? 최대한 빨리, 부탁드립니다. 시간이 없어요." 차상혁은 언제나 말투만 공손하다.

"거긴 왜…?"

"전에 한나 씨랑 그쪽 동네에 쇼핑을 갔다가 한 과장을 봤어요. 그쪽은 날 못 봤고. 암튼 호사스러운 사모들이랑 살룬부티크, 거길 들어가는데 주변을 엄청 경계하더라고. 내 예감인데, 아마 그 의상실과 모종의 관계가 있지 않을까 싶은데요. 알고 보니 그 의상실 한때 정치권 로비 문제로 크게 문제를 일으킨 곳이더라고. 냄새가 나죠?"

그랬다. 냄새가 났다. 지독하고 매혹적인 냄새. 아주 고급스럽고 우아한 상류층 소비문화의 한복판에서 풍겨 나오는 냄새였다. 한주희는 공천에 영향을 미칠 수 있는 유력 정치인의 아내들에게 옷 로비를 하며 친분을 쌓고, 불임이나 난임으로 마음고생이 심한 사람들에겐 대리모 비즈니스로 맞춤 로비를 대신했을지도 모른다.

"하, 대리모라니. 한 과장은 산부인과 의사란 사람이, 아무리 돈이 궁해도 어떻게 그런 짓을 할 수가 있죠? 같은 의사로서 참…."

차상혁이 개탄스럽다는 듯 깊은 한숨을 내뱉었다.

대체 둘 사이에 무슨 일이 벌어지고 있는 건지, 왜 뇌사판정회의 때 반드시 오기태 부원장의 뇌사 판정을 통과시켜야만 하는지, 궁금한 게 한두 가지가 아니었지만 굳이 제대로 확인하고 싶지 않았다. **여기서 더 깊이 발을 들이면 위험해지리라는 본능적인 자기방어였다.** 박병도는 입을 쓰게 다시며 통화를 종료했다.

02-13 PM 07:32

박병도는 살룬부티크에 예약 전화를 하고 곧바로 청담동으로 차를 몰아갔다. 심부름센터 직원에게 맡길 수도 있겠지만, 거긴 직접 확인하고 싶었다. 박병도 본인의 업무에 활용할 만한 정보를 확보할 수도 있을 것 같았다.

휴대폰으로 검색해 보니 진하영 디자이너가 오너로 있는 업체였다. 차상혁이 말한 옷 로비 사건의 주요 참고인으로 검찰 조사를 받은 전력이 있는 디자이너였다.

진하영의 살룬부티크는 청담동 골목 끝에 위치하고 있었다. 안에 들어서자 화려한 샹들리에 아래 럭셔리한 공간이 펼쳐졌다. 의상실이라기보다 예술 작품을 전시하는 갤러리 같은 분위기였다. 전시 벽면 곳곳에 어디선가 본 듯한 팝아트 작품들이 걸려 있었다.

 정작 전시된 옷은 딱 하나, 진하영의 2025 S/S 시즌을 대표하는 작품이었다. 파랑, 하양, 빨강, 검정, 노랑 등 오방색을 동, 서, 남, 북, 중앙에 배치한 디자인이 독특했다. 오행 사상을 상징하는 오방색을 활용한 디자인이라고 했다. 가격이 무려 2800만 원이었다.

 기대와 궁금증을 한껏 유발하는, 제법 세련된 홍보 방식이었다.

 갤러리의 도슨트처럼 작품을 설명하던 직원이 예약하셨냐고 물었다. 그렇다고 말하자 곧장 진하영의 작업실로 안내했다.

 직원은 먼저 작업실 바로 옆에 있는 대기실로 박병도를 데려갔다. 안에 들어서자 200인치 대형 스크린에 진하영 패션쇼 장면이 펼쳐지고 있었다. 정신을 차릴 수 없을 정도로 현란하고 압도적인 쇼였다. 박병도는 넋을 잃은 채 패션쇼 무대를 감상하고 있었다.

 이윽고 작업실 문이 열리고 진하영이 모습을 드러냈다.

 "홍승용 대표님이신가요?" 진하영이 소파에 앉으며 물었다. 그의 무대에 오르는 모델들에 비해 작고 왜소한 체형이었다. 하지만 자기만의 세계를 단단하게 구축한 예술가들이 언뜻 내비치는 아우라 같은 게 느껴졌다.

 "아 예, 맞습니다."

 박병도가 다른 사람 명함을 꺼내 건넸다. 의료기기 수입업체 대표 홍승용의 명함이었다.

"죄송하지만 다음 예약 시간이 촉박해서 좀 서둘러야 할 것 같네요. 너무 갑자기 연락을 하셔서…." 진하영이 말했다.

"그렇게 됐습니다."

"먼저 치수부터 잴까요?" 진하영이 먼저 일어서며 말했다.

"아, 잠시만요."

"예?"

"사실 전 옷을 맞추려고 온 게 아니라… 아기집을 맞추려고 온 겁니다." 박병도가 짐짓 조심스러운 말투로 말했다.

"무슨 말씀인지 모르겠네요." 진하영이 능청스레 말했다.

박병도는 이쯤에서 비장의 카드를 꺼내기로 했다. 그가 말했다. "조은주 사모님 아시죠?"

"그런데요?" 진하영이 물었다. 잔뜩 경계하는 표정이었다.

"사실 제가 그분 남편 최상식 본부장하고 좀 아는 사이예요. 지지난주에 같이 골프 라운딩도 했고, 제가 고민을 말했더니 여기서 대리모를 구할 수 있다고 하던데…. 아, 걱정 마세요. 저 입 무겁습니다." 박병도가 진솔하고 간절한 태도로 말했다.

진하영은 잠시 기다려 달라고 하고는 다시 작업실로 들어갔다. 누군가와 통화를 하는 것 같았다. 아마도 상대는 조은주이거나 한주희, 아니면 브로커일 것이다.

다시 대기실로 나온 진하영이 말했다. "여기서 잠시 기다려 보시겠어요? 아기집 모집하시는 분이 곧 오신다네요."

 아기집 모집책이라…. 브로커를 말하는 것 같았다. 박병도는 차상혁에게 메시지를 보내 진행 상황을 알렸다.

 다른 직원이 커피를 가져왔다. 박병도는 커피를 마시며 대형 스크린에서 펼쳐지는 진하영의 무대에 몰입하기 시작했다. 매혹적인 천상의 판타지였다. 이런 천상의 세계를 창조할 줄 아는 디자이너가 어쩌다 불법의 지하 세계에 발을 딛게 된 걸까. 박병도는 가슴이 답답해졌다.

 일렉트로닉 음악의 반복적인 리듬이 박병도를 환상 속으로 끌어들이고 있었다. 어느 순간 낯익은 모델이 런웨이에 등장했다. 한주희, 스크린에 불쑥 등장한 한주희가 학처럼 고고하고 우아하게 런웨이를 수놓고 있었다. 당장 모델로 전직한대도 손색없는 아우라였다. 박병도는 이게 현실인지 환상인지 구분할 수 없을 지경이었다.

 한주희가 스크린 밖으로 나온다.
 곧장 박병도를 향해 뚜벅뚜벅 걸어온다.
 몽롱한 눈길로 쳐다보던 박병도가 스르르 몸을 일으킨다.

 순간 한주희가 박병도의 뺨을 세차게 후려쳤다. 예리한 통증에 정신이 번쩍 든 박병도가 한주희를 쳐다보았다. 어느새 현실의 한주희가 그 앞에 우뚝 서 있었다.

"박 이사, 너 차상혁 따까리였니?" 한주희가 대뜸 물었다.

"한 과장님, 저도 괴롭습니다. 전들 어쩌겠습니까?" 박병도가 한숨을 푹 게워내곤 어깨를 으쓱했다.

"그래서 내 연락도 다 씹은 거야? 이 덜떨어진 인간아. 그래서 너희들이 평생 마름 생활을 못 벗어나는 거야. 어떻게 한 치 앞도 못 보니?"

"아뇨. 잘 보입니다. 너무 잘 보여요. 과장님은 이제 끝났어요. 어떻게 이런 엄청난 일을…. 꼭 그래야만 했습니까? 하실 거면 좀 더 조심하셨어야죠. 다 들통났단 말입니다."

"닥쳐! 이게 어디서 감히…!"

한주희가 박병도의 가슴을 손바닥으로 툭 밀었다. 박병도가 털썩 주저앉았다. 그제야 대기실의 소란을 알아챈 진하영이 문을 빼꼼 열고 내다보더니 서둘러 밖으로 사라졌다. 뭔가 일이 틀어졌다는 걸 직감적으로 알아차린 모양이었다. 이미 한 번 검찰 수사망에 걸려 호되게 당한 경험이 진하영의 생존 본능을 일깨웠을 것이다. 벌써 증거가 될 만한 자료를 없애는 작업에 착수했을지도 몰랐다.

"그래. 어디까지 알아냈니?" 한주희가 맞은편 소파에 앉으며 물었다.

"이고레브나라는 고려인 출신이 조은주 씨 대리모인 거, 정황부터 사실 관계까지 다 확인했어요. 이고레브나 증언도 확보했고. 빼박이에요."

"빼박?"

한주희가 과장되게 웃어 젖혔다.

"한국어도 제대로 못하는 외국인 진술이 법정에서 증거로 받아들여질 거라 생각해? 게다가 그건 명백한 불법 녹음이야. 증거 능력? 당연히 없지."

"이고레브나가 조은주라는 이름으로 분만실에 입원해서 출산했고, 출산하자마자 조은주 부부가 아이를 데려갔고, 이런 게 다 병원 내 CCTV에 찍혔을 거 아닙니까? 다른 증거들이 널려 있는데 무슨 말씀을…."

"한심하기는…." 한주희가 혀를 차대며 말했다. "이고레브나 걔는 조은주 님 부친께서 오래전부터 후원하던 아이야. 최근에 정식으로 호적에 올려서, 이제는 둘이 법적으로 자매지간인데. 아니, 동생이 조카 얼굴 좀 빨리 보고 싶어서 간 건데 그게 무슨 위법이니? 너 바보 아냐?"

박병도는 순간적으로 할 말을 잃었다. 그럼 그렇지. 역시 대단한 여자였다. 한주희의 주장이 얼마나 타당한지, 그로서는 알 도리가 없었다. 하지만 그녀와 그 대단하신 고객들이 만반의 대책을 세워 뒀다는 건 충분히 짐작할 수 있었다.

"나야말로 이쯤 되니까 의혹이 솟구치네. 차상혁이 이렇게까지 나오는 이유가 뭘까? 내가 한 거라곤 부원장님 뇌사 판정을 보류하자고 한 것뿐인데?" 한주희가 살기 등등한 눈빛을 빛내던 그때, 누군가 매장 안으로 들어왔다. 차상혁이었다.

"직접 행차하셨어? 나 참." 한주희가 의외라는 듯 쳐다보며 말했다. "차 교수님 요즘 아주 열심히 사시네요? 바빠도 너무 바쁘셔. 수술하랴, 뇌사 판정하랴, 결혼 준비하랴, 내 스토커질 하랴. 홍길동이야 뭐야? 그 바쁜 와중에 청담동 샵은 또 웬일이신 건데요?"

"제가 요즘 패션에 관심이 많습니다. 착공식 때 입을 슈트를 맞춰야 해서 겸사겸사 들러봤는데, 한 과장님을 여기서 보게 될 줄은 정말 몰랐는데요?" 차상혁이 짐짓 태연한 척 말했다.

박병도가 벌떡 일어나 자리를 양보했다.

두 명의 고수가 마침내 마주 앉았다. 때마침 런웨이 뒤편 전광판에서 두 개의 전자 불꽃이 맹렬하게 치솟았다.

피 튀기는 혈전이 벌어질 거라는 건 불을 보듯 뻔했다. 박병도는 그 고래 싸움의 구경꾼이 되고 싶지는 않았다. 그는 이미 두 번이나 등이 터진 새우였다.

박병도는 뒤도 돌아보지 않고 밖으로 도망치듯 나왔다. 무슨 일인지는 알고 싶지도 않았다. 이제 두 당사자끼리 알아서 해결할 일이었다.

02-13 PM 08:24

 두 사람은 한동안 말없이 커피를 음미하듯 마셨다. 바로 앞에 있는 상대를 전혀 신경 쓰지 않는 듯한 제스처였다. 하지만 물밑에선 고도의 신경전과 탐색전이 벌어지고 있었다.
 "의도한 건 아니고, 좀 전에 밖에서 과장님 말씀을 살짝 엿들었는데 상당히 치밀하더군요." 상혁이 먼저 입을 뗐다.
 "아시겠지만, 대리모 수술은 불법과 합법의 경계에 위태롭게 서 있을 수밖에 없으니까요. 그 정도 대비는 필수 아닐까요?" 주희가 은근한 미소를 띠며 말했다. "뭐, 이미 다 알고 왔을 테니깐 터놓고 말할게요. 우린 법적인 문제가 생기더라도 얼마든지 피해 갈 수 있답니다. 교수님도 말씀하셨듯이, 제가 좀 치밀한 사람이라서요. 그 덕분에 우리 병원 수익률 상승에도 많은 기여를 하고 있죠."
 상혁은 무뚝뚝하게 고개를 끄덕였다. 이미 예상한 답변이었다. "대리모 수술뿐 아니라 사실상 모든 의료 행위가 불법과 합법의 경계를 명확히 규정짓긴 어렵죠. 그것 때문에 우리 병원 법무팀이 밥 먹고 사는 거 아니겠습니까?"
 "누가 뭐래도 난 떳떳해. 그게 팩트예요." 한주희가 목을 빳빳이 치켜세웠다.

"네. 뭐, 그렇다고 칩시다. 그런데 대중들도 과연 그렇게 생각할까요?"

상혁은 커피잔을 내려놓으며 우아하게 눈을 내리깔았다.

"여기 샵 오너 진하영 디자이너 전적도 있고, 한 교수님 과거 의료 과실 건까지 파묘되면… 글쎄요. 그쪽 VIP 고객들이며 남편분 이름까지 인터넷에 떠들썩하게 오르내릴 텐데. 그쯤 되면 대중들은 팩트 따윈 관심 없어요. 중요한 건 임팩트지."

상혁의 뻔뻔한 협박에, 한주희는 여태껏 참고 있던 분노를 화르륵 터뜨렸다. "차상혁 당신, 이렇게까지 하는 이유가 뭐야? 어차피 가만 앉아 있어도 올라갈 자린데 빨리 비우려고 안달난 사람처럼. 아니, 막말로 머리 뚜껑 여는 데만 미쳐있는 사람이, 왜 부원장님 뇌사 판정에 그렇게 열을 올리냔 말이지. 여기까지 찾아와서 이 난리를… 난 그게 너무 이상하단 말이지. 설마 차 교수, 부원장님한테 돈 꿨어요?"

"네."

"네?"

상혁은 미간을 좁히며 차분히 숨을 골랐다. 지금부턴 약간의 연기력이 필요했다.

"사실은… 오 교수님께서 공공의료원으로 다음 행보를 확정 지으시면서, 유산 전액을 한 요양병원에 기부하기로 하셨습니다."

"알아요, 유언장 고쳐 쓰신 거. 병원에도 소문 쫙 났잖아요. 근데?" 한주희가 눈을 동그랗게 뜨며 물었다.

"거기 요양병원장님이 제 학부 시절 은사님이신데, 최근 재정 사정이 크게 나빠져서 많이 힘드신가 봅니다. 제게 빠른 처리를 부탁하셨어요. 법적으로 사망이 확정되어야만 유언이 집행되니까요." 상혁은 이쯤에서 무거운 기색으로, 괜히 한 번 머리카락을 쓸어 넘겼다.

"그에 대한 사례비도 오갔겠고?"

"돈은 아닙니다." 상혁은 오른손으로 눈 주위를 문질렀다. 큰 거짓을 숨기기 위해선 그럴듯한 작은 거짓으로 입구를 막아야 한다. 특히 한주희처럼 두뇌 회전이 빠른 상대는 '스승의 장기 기증 서약을 헛되이 하지 않기 위해서' 같은 갸륵한 변명 따위로 절대 설득시키지 못한다. 오히려 의심의 불씨만 지필 뿐이다.

상혁의 말을 들은 주희가 잠시간 골똘히 생각에 잠겼다. 이윽고 그녀가 말했다. "알겠어요. 본회의 때 뇌사 판정에 동의해 드리죠. 솔직히 나도 완전히 합법적인 방식으로 대리모 수술을 해온 건 아니니까, 차 교수님이 문제 삼지 않는다면 나도 입 다물고 조신하게 있을게요." 역시 말귀가 빠른 스타일이었다.

"정말 감사합니다." 상혁이 고개 숙여 말했다.

"원래도 그러려고 했어요." 주희가 대수롭지 않단 듯 말했다.

"그만 갈까요?"

"그러죠."

두 사람이 동시에 자리에서 일어섰다. 상혁이 악수를 건넸고, 주희가 스스럼없이 손을 잡았다.

"아, 그리고 이거…." 상혁이 주춤하더니 서류 가방 안에서 두툼한 서류봉투 하나를 꺼내 건넸다. 5만 원권 지폐 뭉치가 터질 듯 들어찬 서류봉투였다. "후원금으로 받아주세요. 한솥밥 먹는 사이끼리, 제가 그동안 무심했네요." 상혁이 말했다.

"아니, 이러시면 제가 무안하잖아요. 여태까지 죽일 듯 싸우다가 이렇게 홀랑 꼬랑지 내리면." 주희가 입을 샐쭉하며 말했다.

"그럼 다시 거둬들일까요?" 상혁이 말했다.

주희가 주먹 쥔 손으로 상혁의 가슴을 세게 툭 쳤다.

"약소합니다."

"안 그래도 지금 캠프에 총알 바닥났다고 난리던데. 땡큐. 잘 쓸게요." 주희는 차상혁의 손에서 서류봉투를 홱 낚아챘다.

상혁이 무덤덤하게 "정민철 화이팅!"을 외쳤고 주희는 가볍게 어깨를 으쓱했다.

상혁은 콜택시를 타고 병원으로 복귀하며 신종수에게 중환자실 주요 케이스 브리핑을 받았다. 오기태를 비롯한 대부분의 환자에게 새로운 이슈는 없었다. 여러모로 다행이었다. 또 한주희의 중대한 약점을 손에 쥐었으니, 일단 급한 불은 끈 셈이었다. 하지만 오늘의 묘수가 훗날 어떤 악수로 발목을 잡을지 예상할 수 없었다.

상혁은 다음 스텝을 생각하다가 몸이 앞으로 쿵 쏠렸다. 택시가 급정거를 하며 멈춰선 탓이었다. 그 순간 피를 흘리며 죽어가던 오기태의 마지막 얼굴이, 상혁의 머릿속에 번뜩 떠올랐다. 공포와 연민, 그리고 회한. 그 가운데 분노는 없었다.

"손님 괜찮으세요? 정말 죄송합니다. 갑자기 앞차가 급정거를 해서⋯."

대답 없이 조수석 헤드를 꽉 움켜쥔 상혁의 손이 부들부들 떨리고 있었다. 상혁은 당분간 지하철을 이용하기로 결심했다.

02-13 PM 09:09

"돈은 아닙니다⋯? 뻥치구 있네." 운전대를 잡고 귀가해 가던 주희는 코웃음을 흥, 쳤다. 주희는 조금 전 들었던 차상혁의 말을 믿지 않았다. 이사장 딸과의 결혼을 한 달여 앞둔 지금, 상혁은 아주 사소한 것이라도 발목 잡힐 행동은 절대로 하지 않을 것이다. 비슷한 인간형이라서 그건 확실히 안다.

조금 전부터 틀어 놓은 정치 라디오에서 막 총선 여론 조사 결과를 소개하기 시작했다. 정민철의 지지율이 지난번에 비해 2%나 상승했다. 나쁘지 않은 흐름이었다. 샤넬백에 넣어 둔 차상혁의 후원금은 캠프에 전달하지 않을 작정이었다. 그러기엔 너무나 위험한 자금이었다. 덥석 집어삼켰다간 나중에 배탈이 날 가능성이 컸다. 그렇다고 돌려주는 건 또 다른 탈을 야기하는 행동이었다. 그래서 일단 미혼모 지원 단체에 기부하기로 마음먹었다. 그녀가 미혼모 단체를 후원하고 있다는 사실은 방송을 통해 널리 알려져 있었다. 대리모 수술 대가로 브로커에게 받은 금액의 일부를 미혼모 단체에 후원하면, 왠지 마음이 좀 가벼워져서 몇 년째 해 오고 있는 일이었다.

이번엔 아예 선거용 이벤트로 활용하면 괜찮을 것 같았다. 방송국 기자들도 좀 불러야겠지. 남편과 함께 미혼모들을 격려하는 장면을 연출하는 거야. 이거 제법 트렌디한데? 주희는 병원에 도착하자마자 홍보팀장에게 아이디어를 제공해야겠다고 생각했다.

"분명히 더 큰 게 있는데… 그냥 이렇게 물러나긴 너어무 약오르는데…." 주희는 분한 기색으로 운전대를 톡톡 치다가, 핸즈프리로 오기태의 비서인 안민혜에게 전화를 걸었다. 안민혜와는 남편의 후배 사업가를 소개해 준 인연이 있었다. 그들의 만남이 지속되진 않았지만, 소개팅 상대에 대한 만족감 때문인지 이후 안민혜는 주희에게 퍽 호의적인 태도를 보였다.

"안 비서님, 오랜만이에요. 잘 지내고 있어요?"

"어머, 한 과장님이 어쩐 일이세요? 부원장님 뇌사판정위원회 위원으로 선정되셨단 소식은 들었어요." 안민혜는 역시나 주희의 연락에 반갑게 응대했다.

"그렇게 됐어요. 어쩌다 이런 황망한 일이…. 좀 전에 차 교수를 만났는데 얼굴이 말이 아니더라구요. 본인이 부원장님 응급 수술을 집도했더라면, 하는 아쉬움이 크던데요." 주희는 자연스럽게 차상혁으로 주제를 옮겨갔다.

"네. 더구나 부원장님과 잘 식사하고 헤어지셨는데, 4시간 만에 그런 비보가 들려왔으니… 차 교수님이야말로 얼마나 황망하시겠어요."

안민혜의 말에, 한주희의 눈이 번쩍 떠졌다. "부원장님이 사고 당하기 4시간 전에, 차 교수와 식사를 하셨다구요?"

설마 이것이었나. 주희는 눈동자를 좌우로 굴리다가, 이내 반대 방향으로 핸들을 틀었다.

6장 법무법인 가람 대표변호사

장승수

6

02-13 PM 09:33

"아 예, 일단 알겠습니다. 계속 최선을 다해주세요. 부탁드립니다."

장승수가 허탈한 표정으로 휴대폰을 탁자에 내려놓았다. 오기태 교통사고 건을 수사하는 경찰과의 통화였다. 아직 뚜렷한 증거가 나오지 않아 용의자를 특정하는 데 어려움이 있다는 소식이었다. 그럴 것이다. 장승수도 예감하고 있었다.

사고 소식을 접하고 장승수도 현장에 직접 가 보았다. 허탈할 정도로 깨끗했다. 사고 차량도 치워졌고, 밤눈에 덮여가는 도로에서 그 어떤 사고의 흔적도 찾을 수 없었다. 가로등 불빛에 수은빛으로 번뜩이는 눈발이 초현실적으로 보였다. 가로등 위 검은 하늘과 수은빛에 물든 도로 사이에 어떤 비밀이 숨죽이고 있는 것 같았다.

장승수는 휴대폰을 꺼내 이질적인 두 개의 세계가 자아내는 이질적인 풍경을 카메라에 담아 두었다. 어쩌면 오기태와도 잘 어울리는 풍경 같다는 생각이 문득 들었다.

장승수는 법무법인 가람의 대표 변호사였다. 오기태의 사고 뒤로 그는 좀체 일에 집중할 수가 없었다. 모든 관심은 오기태를 죽음에 이르게 한 범인 검거에 쏠려 있었다. 오기태와의 마지막 통화가 유독 마음에 걸려서였다.

그는 사고 현장에서 바로 병원으로 달려갔다. 가는 도중 오기태가 뇌사 상태라는 소식을 들었다.

충격적이었다. 단순한 교통사고가 아닐지도 몰랐다. 누군가 어떤 의도를 품고 오기태를 들이받았을지도 모른다는 의심이 들었다. 그렇지 않은가. 눈이 오고 있는 터라, 그 시각 도로를 달리는 운전자들 대부분이 서행 운전을 했을 것이다. 게다가 사고 현장은 완만한 오르막의 초입이었다. 기어를 바꿔 가속하다 그만 눈길에 미끄러지는 바람에 그대로 앞차를 들이받았을 수도 있었다. 그 정도 속도로 피해자를 사망으로까지 몰아가는 손상을 입혔다? 그러기엔 무리였다. 최대 출력으로 급발진했다면 모를까.

그렇다면… 이 사고에는 살인 의도가 개입되어 있을지도 모른다. 하지만 담당 경찰의 수사망은 아직 거기까진 미치지 못하고 있었다. 뺑소니 차량을 특정하는 데 총력을 기울이고 있다고 했다. 경찰의 한계였다.

　장승수에게는 '살인'을 의심할 만한 이유가 있었다. 그렇다. 오기태는 누군가의 살해 표적이 될 만한 모종의 자료를 손에 쥐고 있었다. 누군가를 삶의 나락으로 추락시킬 수 있는 비밀스러운 자료였다. 하지만 경찰에 제보하기에는 아직 확신이 서지 않았다. 괜히 수사에 혼선만 일으킬 수도 있었다.

02-11 PM 05:10

　사고가 터지기 불과 몇 시간 전, 장승수는 오기태의 전화를 받았다. 마침 저녁을 누구와 하면 좋을지 궁리하던 차라 내심 반가운 기색으로 통화 버튼을 눌렀다.

　"아이고 테스 형, 그러잖아도 형님 전화 기다리고 있었는데 제 마음을 어찌 알고 딱 맞춰 전화를 주셨대요?" 장승수가 너스레를 떨며 말했다.

　"나훈아 때문에 내가 팔자에 없는 의학의 아버지 노릇까지 하게 생겼구먼." 오기태가 껄껄거리며 받아넘겼다.

　장승수와 오기태는 11살 나이 차이에도 불구하고 친구처럼 막역한 관계였다. 나훈아가 〈테스 형〉을 부르기 시작했을 때부터 장승수는 오기태를 '테스 형'이라고 부르곤 했다. 나훈아의 '테스'는 소크라테스였고, 장승수의 '테스'는 히포크라테스였다. 그는 〈테스 형〉의 노랫말 한 구절, "테스 형, 세상이 왜 이래"를 관용구처럼 내뱉는 우스갯소리를 즐겼다. 둘만의 유쾌한 유희였다.

둘은 평소처럼 시답잖은 몇 마디 농담을 나누며 둘만의 유희를 즐겼다.

"형님 아직 저녁 안 드셨죠? 제가 모실까요?" 장승수가 말했다.

"어쩌나. 난 오늘 선약이 있는데, 다음에 하지."

"아, 테스 형마저… 저는 오늘도 혼밥이네요. 그럼 무슨 일로…?" 장승수가 아쉬워하며 물었다.

"장변한테 자문을 구할 게 좀 있어서 말이지." 오기태가 말끝을 흐리며 말했다.

"법률 상담인가요?" 장승수도 뭔가 심상찮은 기운을 느끼고 진지한 태도로 응했다.

"뭐, 심각한 건 아닌데…."

오기태가 말을 꺼내길 주저하는 눈치였다. "무슨 일인데요?" 장승수가 재촉했다.

약 3년 전에 벌어진 의료 사고에 대한 것이었다. 한 의사가 실수로 뇌사 판정을 잘못 내렸다. 그 때문에 죽지 않을 수도 있었던 환자가 죽었다. 의사는 자기 경력에 치명상을 입을까 봐 그 사실을 덮어 버렸다. 그랬는데 최근에 은폐되었던 증거가 발견되었다.

오기태의 말과 달리 매우 심각한 상황이었다. 그 증거 자료를 현재 누가 갖고 있는지, 그걸 어떻게 활용하느냐에 따라 대대적인 소송으로까지 번질 수 있는 사안이었다.

"심각한 게 아닌 게 아니라, 이거 정말 심각한 겁니다. 형님도 아시죠? 누굽니까, 그 의사가?" 장승수가 물었다.

"그것까진 아직 말할 수 없고. 우리 병원 식구는 아냐." 오기태가 수습하듯 말했다.

오기태는 문제의 의사가 경찰에 자수하면 어떤 처벌을 받게 되는지 궁금해했다. 장승수는 그 문제의 의사가 오기태 본인이 아니기를 기도하는 심정이었다. 물론 아닐 거라고 믿었다. 그가 아는 오기태라면, 설사 어쩌다 그런 과실을 범했더라도 솔직히 인정하고 처벌을 감수했을 것이다. 오기태는 그런 사람이었다. '그럼 대체 누구지?' 아무튼지 병원 내 인물이란 건 충분히 짐작할 수 있었다.

장승수는 일반적인 상식선에서 자문에 응했다.

범죄 구성 요건은 살인죄, 업무상 과실 치사상죄, 증거 인멸죄 3가지였다. 고의는 아니었을 테니 살인죄는 면할 수 있을 것이다. 하지만 업무상 과실 치사상죄와 증거 인멸죄는 피할 수 없을 것이다.

"일반적으로 업무상 과실 치사상죄는 2년 이하의 징역 또는 2천만 원 이하 벌금, 증거 인멸죄는 3년 이하 징역 또는 5천만 원

이하 벌금, 법정 형량은 그래요. 추가로 민사상 손해 배상 책임도 감수해야겠죠."

오기태가 깊은 한숨을 내쉬었다.

"법정 형량에 영향을 미치는 이런저런 요소들이 있어요. 환자의 피해 정도라든가, 의사의 반성 정도, 증거 확보 여부도 중요하고… 형님, 그러지 마시고 사무실로 오시죠. 구체적인 얘기를 들어 봐야 견적도 나오고 대응법도 세울 수 있고 그렇잖아요."

"그래. 상황 봐서, 내가 내일쯤 연락할게."

오기태는 서둘러 통화를 마쳤다. 그러더니 불과 몇 시간 뒤 본인이 뇌사 상태에 빠졌다. 전화 통화와 사고 사이에 '뇌사'라는 연결 고리가 있었다. 장승수로서는 의혹을 품을 수밖에 없었다. 뭔가 연관이 있을지도 모른다는 의혹이 그를 괴롭혔다.

두 사람은 온라인 낚시 동호회에서 만나 친해졌다. 오기태의 영향력으로 법무법인 가람은 명진의료원에서 발생하는 의료 소송을 전담하게 되었고, 이후 의료 소송 분야에서 만큼은 국내 최대 실적을 자랑하는 법률회사로 성장했다.

사업상의 관계를 떠나, 장승수는 오기태가 지닌 인간적인 풍모를 존경하고 사랑했다. 그가 존경할 수 있는 유일한 사람이기도 했다. 세상에 완벽한 인간은 없다. 모든 인간은 허물투성이이고, 도덕적으로 완벽한 인간도 없다는 게 장승수의 생각이었다. 물론 오기태도 마찬가지였다. 하지만 그는 세상의 잘난 체하는 자들과는 격이 달랐다. 그는 본인의 명성과 사회적 지위를 계급처럼 휘두르지 않았다. 모든 이를 온화하고 겸손하게 대하는 그의 인격에 장승수는 깊은 인상을 받았다. 오기태 같은 사람과 친구로 지낼 수 있어서 무척 다행이라고 생각하곤 했다. '그가 없는 세상은 무척이나 허전하고 쓸쓸하겠지.' 벌써부터 세상에 홀로 남은 것 같은 고독이 그의 가슴을 시리게 했다.

사고 다음 날 아침, 뇌사판정위원회 위원으로 참여해 달라는 부탁을 받고 장승수는 비정한 느낌에 사로잡혔다. 결국 임시소집 회의에 참석하지 않았다. 어떻게 존경해 온 친구의 뇌사를 확정하는 일에 선뜻 동의할 수 있겠는가. 더욱이 좀 전에 '그런 부탁'까지 받은 상황에서. 병원장한테 듣기로는, 뇌사가 확실해서 별 이견 없이 통과될 거라고 했다. 나는 모르는 일이다, 그렇게 회피해 버리기로 했다.

그랬는데 뇌사판정회의가 3일 뒤 열릴 거라는 연락을 받았다. 한주희의 반대로 당일 처리가 이뤄지지 못한 것이다. '한 교수가 왜?' 좀 의외다 싶었다. 그 시간만큼 사망 선고가 미뤄지면서 다시금 '그 부탁'이 귀 언저리에 맴돌았지만 장승수는 또다시 의식 밖으로 떨쳐냈다.

장승수는 그저 오기태의 친구이자 한 명의 법조인으로서, 오기태가 장기 기증을 위한 수술대에 오르기 전에 범인이 잡히기를 바랐다. 수술 전에, 이 소식을 오기태의 귀에 대고 직접 전해 주고 싶었다. 그러다가 문득 차상혁을 떠올렸다. 차상혁은 오기태가 후계자처럼 키워 온 의사였다. 어쩌면 차상혁과도, 자신의 의료 과실을 은폐한 의사에 대해 함께 논의했을지도 몰랐다.

장승수는 차상혁에게 연락하기 위해 메시지 창을 열었다. 그때 전화가 걸려 왔다. 모르는 번호였다.

전화를 받자 상대방이 신분을 밝혔다. 한주희였다.

"장 대표님, 늦은 시각에 불쑥 전화를 드려서 죄송합니다. 제가 긴히 드릴 말씀이 있어서요." 한주희가 말했다.

"무슨 일이시죠?" 장승수가 경계 어린 목소리로 물었다.

"혹시 지금 시간이 괜찮으시다면 잠깐 만나실래요? 부원장님 사고와 관련된 얘기예요."

"형님 사고와 관련된 얘기라뇨?" 장승수가 여전히 의심을 품은 채로 물었다.

"만나서 얘기하죠. 여기 병원 후문 쪽에 부원장님 단골 횟집이에요. 대표님도 아시죠?"

"아, 그래요. 알았습니다. 거기서 뵙죠."

02-13 PM 10:15

두 사람은 병원 인근 횟집 미락에서 마주 앉았다. 장승수도 가끔 그곳에서 오기태와 식사를 한 적이 있었다.

"그거 아세요? 부원장님이 여기서 마지막 식사를 하셨답니다." 자리에 앉자마자 한주희가 꺼낸 말이었다.

"그걸 어떻게… 한 교수님과 같이 한 자리였나요?" 장승수가 물었다.

"안민혜 비서한테 들었어요. 부원장님은 바로 거기," 한주희가 장승수가 앉은 자리를 가리키며 말을 이었다. "대표님이 앉으신 자리에서 식사하셨죠. 바로 이 메뉴, 스시 모둠 스페셜을 드셨답니다." 한주희가 같은 메뉴가 정갈하게 차려진 식탁을 가리키며 말했다. "그날 술은 안 드셨는데," 그녀가 회 접시 옆에 놓인 정종병을 가리키며 말을 이었다. "부원장님은 평소 이 도쿠리 정종을 즐겨 드셨대요."

"형님 취향이야 저도 잘 알죠. 저도 종종 여기서 형님을 뵀으니까요"

"그랬군요."

한주희의 눈동자에 흥미로운 빛이 어른거렸다. "그날따라 왜인지 술은 아예 주문도 안 하셨단 말이죠. 안주를 시켜 두고. 이상하지 않나요?" 한주희가 장승수의 잔에 정종을 따르며 말했다.

"그거야 운전 때문 아닐까요?" 장승수가 말했다.

"정말 그것 때문이었을까요? 대리를 부르실 수도 있는데… 그리고 아시잖아요. 부원장님이 얼마나 주당이신지."

한주희가 자신의 잔에도 술을 따랐다. 장승수는 그녀가 주도하는 심리전에 서서히 빨려 들고 있었다. 정치인의 아내로서 계발된 후천적 능력일까. 아님 타고난 재능인 걸까.

한주희의 말마따나 확실히 이상했다. 이런 단골집으로 저녁 약속을 잡았다면, 식사를 겸한 술자리를 갖고자 했을 터였다. 그런데 술은 아예 주문조차 하지 않았다? 의심의 여지가 다분했다.

하지만 장승수는 한주희의 저의가 의심스러웠다. 장승수는 생뚱한 눈길로 한주희를 쳐다보았다. 도무지 40대 중반이라고는 믿기 힘든, 싱그럽고 아름다운 여자였다. 하지만 왠지 모르게 꺼림칙한 거리감이 느껴지는 아름다움이었다. 어떤 여자는 자신의 미모를 치명적인 무기로 활용하는 데 능숙하다. 한주희도 그런 부류일지도 모른다는 생각이 스쳐갔다. 휘말리면 안 된다.

"탐정놀이에 취미가 있으신 줄은 몰랐는데." 장승수가 짐짓 무덤덤한 투로 말했다.

"제 자리에는 누가 앉아 있었는지 아세요?" 대뜸 한주희가 물었다.

"누굽니까?" 장승수가 물었다. 사실 그게 가장 궁금했다.

"차상혁 교수." 한주희가 말했다. 장난 섞인 목소리였다.

"차 교수요?" 순간 장승수가 눈을 치켜뜨며 물었다. 순식간에 그의 머릿속에서 선명한 의혹이 피어올랐다. 장승수는 재빨리 고개를 내저으며 의심을 떨쳐 냈다. 상상조차 하기 싫은 일이었다.

"두 분이 여기서 무슨 대화를 나눴습니까?"

"저도 그게 궁금하네요." 한주희가 말했다. "여기 종업원한테 물어보니까, 두 분이 따로 왔다가 서둘러 식사만 하고 따로 나갔대요. 부원장님이 먼저 가시고, 30분쯤 뒤에 차 교수가 나갔고. 그리고 비슷한 시간대에 두 분이 교통사고를 당했죠."

"예? 차 교수도 사고를 당했…다구요?"

"모르셨어요?"

장승수는 잠시 할 말을 잃었다. 머릿속이 아득해지며 멍한 기운에 사로잡혔다.

"아, 차 교수는 사고를 당한 게 아니라 가해자였어요. 그것만 다르네요."

장승수는 비로소 한주희의 의도를 알 것 같았다. 그가 눈을 치켜뜨며 말했다. "그래서, 차 교수가 형님을 그렇게 만든 범인 같아요? 사고로 사고를 덮었다? 차 교수가? 왜요?"

"저야 모르죠. 이제부턴 직접 알아보세요. 변호사시잖아요?"

그저 우연의 일치일 뿐, 말도 안 되는 음해였다. 장승수는 한주희가 차상혁에게 반감을 품고 있다는 걸 잘 알고 있었다. 5년 전 그녀가 소송전에 휘말렸을 때 그 사건을 가람이 수임했기 때문이다.

"왜 나한테 이런 얘길 하는 겁니까?"

"그냥, 장 대표님이 알고 계셔야 할 것 같아서요. 그뿐이에요."

한주희는 눈을 내리깔며 정종 잔을 들이켰다. 폭탄을 떠넘겨 놓고 모른 척하는 그 모습이 얄미울 정도로 가증스러웠다.

"시간이 늦었네요. 그만 일어날까요?" 한주희가 티슈로 입가를 찍어 누르며 말했다.

"먼저 가세요. 전 여기서 조금 더 있다가 가겠습니다." 장승수가 고개를 숙인 채로 말했다. 흔들리는 눈빛을 들키고 싶지 않았다.

"네. 그럼. 전 먼저 일어나 보겠습니다. 뇌사판정회의 때는, 꼭 뵙도록 해요?" 한주희가 샤넬백을 챙겨 들고는 밖으로 나갔다.

장승수는 곧바로 정종 잔을 가득 채워 연거푸 석 잔을 들이켰다. 그러고도 속이 진정되지 않았다. 이미 한주희가 승수의 가슴 한복판에 '의심'이란 불씨를 놓아 버린 것이다.

02-12 PM 04:52

"뇌사 판정을 딱 7일만 미뤄 주세요. 7일이면… 어떻게든 해 볼 수 있습니다."

지난 오후, 오기태의 뇌사판정위원회로 선정된 걸 어떻게 알았는지, 뉴욕에 있는 오기태의 아들 오영빈이 전화를 걸어와 부탁했다. 다급한 목소리였다. 장승수는 미국 출장이 있을 때면, 오기태를 대신해 한식 밑반찬을 바리바리 싸가서 오영빈의 집까지 수송하곤 했다. 자주 보진 않았어도, 오기태를 쏙 빼닮은 오영빈에게 애정 어린 마음이 있었다.

오영빈은 최근 무리한 자금 운용으로 절체절명의 위기에 처해 있다고 했다. 잘못하면 감옥에 갈 수도 있다고, 그래서 아버지의 유산으로 돈을 메꿔야겠다고 했다. 오기태는 최근 공공의료병원으로 차기 행로를 결정하면서, 전 재산을 한 요양병원에 기부하기로 유언장을 정리한 상태였다. 따라서 아들 오영빈에게 돌아갈 몫은 단 한 푼도 없었고, 그는 지금 아버지의 재산을 뒤로 빼돌리려는 계획이었다. 장승수는 오영빈의 말을 듣고 눈앞이 어질해졌다.

"야, 이 친구야. 내가 어떻게 죽어가는 사람의 시간을 멈추겠어? 내가 무슨 힘이 있다고."

"뇌사판정위원회 참석 인원의 만장일치여야 뇌사판정이 결정난다면서요? 변호사님께서 반대표만 던져주시면 일단은 보류되는 거 아닙니까?" 오영빈이 조바심을 내며 말했다.

"그렇다고 해도 7일이나 버틸 순 없어. 그사이 형님의 심장이 멈출 수도 있고. 더욱이… 니가 하려는 짓은 엄연한 불법이잖아." 장승수는 답답한 마음에 휴대폰을 다른 손으로 고쳐 잡았다. "얌마, 너 그러다가 큰일 나. 앞으로 남은 인생이 창창한데 왜 그런 리스크를 지려고 해?"

"남은 인생이 무슨 상관이에요? 지금 당장 죽게 생겼는데." 영빈이 말했다. 그의 절망이 수화기 너머로 고스란히 전해졌다. 모르긴 해도, 발생하게 될 손실금이 천문학적인 액수일 것이다.

"아버지가 원망스러워요. 평생 가족보다 환자가 우선이더니…. 제가 이렇게까지 하게 된 건 아버지 탓이에요." 아들은 고매한 아버지를 원망했다. 인간적으로 이해가 가지 않는 바는 아니었지만, 장승수는 끝내 고개를 내저었다.

"안 돼. 암만 돌팔이라도 나도 엄연한 변호사야. 불법인 걸 알면서 묵인할 순 없어. 그 말은 못 들은 걸로 하지. 끊자, 이만." 장승수가 통화 종료 버튼을 누르려는 그 순간이었다. "최근 가람이 사운을 걸고 진행 중인 M&A 건. 그거 상대 로펌이 온누리라면서요." 오영빈이 시니컬하게 말했다. "꼭 이겨야 하지 않아요?"

장승수는 머리를 쿵 때려 맞은 기분이었다. 온누리는 가람의 간판인 민정호를 위시한 스타급 시니어들이 장승수를 배신하고 따로 나가 차린 로펌이다. 그들은 가람에서 빼돌린 기밀 자료로, 소송 반대 측 의뢰인 편에 붙는 전략을 펼치며 급속도로 승률을 쌓아갔다. 직업윤리에 한참 어긋나는 짓거리였다. 하지만 정의보단 승리가 중요한 의뢰인들은 어느덧 하나둘씩 가람에서 온누리로 옮겨가기 시작했다. 온누리로 인해 가람의 생존 자체가 위협받고 있었다.

"S기업에 합병 예정인 B사가 분식 회계를 해왔다는 사실은 파악하고 있으실 테고. 그 핵심 자료를 제가 확보해 드릴 수 있을 것 같아요."

반칙은 반칙으로, 불법은 불법으로 이어지게 마련이다. **딱 한 번 반칙과 불법에 발을 디디면 딱 그만큼 윤리의 저울추도 기울게 된다.** 딱 한 번은 두 번, 세 번으로 이어지고 급기야 어둠의 흙탕물에 흠뻑 젖고 말 것이다. 핵심 인재들을 쏙 빼돌려 온누리를 차린 그자들처럼.

장승수는 오영빈과 한주희의 연이은 펀치에 정신이 혼미해졌다. 새삼 오기태가 사무치게 그리웠다. 그리고 그에게 미안하고 죄송스러웠다. 오기태가 앞에 있기라도 한 듯 그의 잔에 술을 따랐다. 자기 잔을 들어 건배하고, 단숨에 들이키고 나서 이렇게 물었다. "테스 형, 진짜 세상이 왜 이러냐?"

오기태는 답이 없었다.

7장 신경외과 ICU 수간호사

이하얀

7

02-13 AM 05:41

오늘 새벽, 기묘한 일이 있었다.

이하얀이 중환자실에 바이탈 체크를 하러 들어갔을 때였다. D-1 구역 침상에 있는 환자가 이상 반응을 보였다. 빛이 닿지 않아 어두컴컴한 지점을 향해 손을 휘저으며 뭐라고 중얼거리고 있었다. 자발성 뇌출혈 증상으로 입원한 83세 할머니였다. 하얀이 그쪽으로 다가갔다.

"여기 이분, 오기태 선상님 아녀?" 할머니 환자가 D-1 구역의 한쪽 구석을 가리키며 말했다.

"우리 할머니 또 헛것 보셨나 보다." 하얀이 무심한 목소리로 말했다.

"아녀. 선상님 맞잖여. 어제부터 여짝에 앉아서 나를 자꾸 쳐다

본다니께. 신경이 쓰여서 잠을 통 못 자겄어. 자기가 가서 왜 저러구 계신지 좀 물어봐봐." 할머니 환자가 하소연했다.

"에이, 할머니. 부원장님은 저어기," 하얀이 A-1 구역을 가리키며 말했다. "저쪽 폐쇄 병동에 계세요. 여기 계실 리가 없죠."

"무슨 소리야? 지금 여기 있잖여. 눈 똑바로 뜨고 봐 보랑께."

"섬망 증상이에요. 할머니 같은 환자들에게 흔히 있는, 그런 증상이 없는 게 오히려 이상한 거예요. 신경 쓰지 마시고 잠을 청해 보세요." 하얀이 이불을 끌어올려 주며 말했다.

"나만 보이는 게 아녀." 할머니 환자가 옆옆 침상에 누운 환자를 건너다보며 말했다. "저기도 봤댜. 왜 저러고 있는지 모르겄댜."

그녀가 가리키는 건 뇌종양 수술을 마치고 중환자실에 온 66세 남자 환자였다.

하얀은 미간을 찌푸리고 할머니 환자가 가리키는 곳을 뚫어져라 바라봤다. 아무리 눈을 치켜떠 봐도 아무것도 보이지 않았다. 그런데 계속해서 보니, 뭔가가 있는 것 같았다. 아니다, 확실히 있다. 희끄무레한 그림자 같은 뭔지 모를 실체가 짙은 얼룩처럼 벽면에 번져 있다.

하얀은 그대로 악, 하며 뒤로 넘어지고 말았다. 소스라치게 놀란 할머니가 하얀에게 손을 뻗었다.

"왜 그랴, 이 간호사. 정신 차려."

하얀은 할머니 손을 잡고 간신히 몸을 일으켰다. 하지만 계속해서 다리가 후들거렸다. "부원장님 거기 계속 계세요?" 떨리는 목소리로 할머니에게 물었다.

"말해 뭐혀." 할머니가 말했다. "부원장님이 이 간호사한테 할 말이 있으신가 본데? 그려. 맞네. 입을 벙긋 벙긋거리는 걸 보니께." 할머니의 말을 들은 하얀은 왠지 모를 긴장감에 온몸이 버쩍 굳어 버렸다.

"부원장님, 저한테 뭐, 하실 말씀 있으세요?" 하얀이 오기태의 혼령으로 짐작되는 뭔지 모를 것을 향해 용기 있게 말을 건넸다. 목소리가 마구 떨렸다.

"달아나." 언뜻 이런 목소리를 들은 것 같았다.

"네?" 다시 물었다.

"도망치라고 하시는구먼." 할머니가 메신저처럼 말했다. "맞네 맞어. 고개 끄덕이시는 거 봉께."

도망치라고? 누구한테서 도망치라는 걸까.

"달아나라구요? 누구한테서요?" 하얀은 한 번 더 용기를 내서 물었다. 겨드랑이에서 식은땀이 쏟아져 순식간에 소매가 축축해졌다.

"달아나. 달아나. 달아나⋯."

달아나, 라는 말은 일견 살아나, 라는 말로도 들렸다. 그리고 오기태의 혼령은 사라져 버렸다.

이하얀이 강북 분원에서 이곳, 강남 본원으로 전원한 지는 4년이 됐다.

4년 반 전, 강북 분원 시절, 신경외과 간호사 한 명이 원내에서 자살 시도를 했다. 다행히 미수에 그쳤지만, 신경외과 전체가 발칵 뒤집혔다. 경영진이 단단히 틀어막았지만 소문이 새어 나갔고, 사회적 공분으로 발전했다.

이른바 '태움'이라는 불리는 집단 괴롭힘 사건의 결과였다. 주동자는 이하얀으로 밝혀졌다.

병원에서는 이미지 훼손을 막기 위해 전력을 다해 사건이 외부로 번지는 걸 무마시켰다.

내부 감찰 조사를 받으며 하얀은 후회하고 자책했다. 하지만 억울한 마음이 더 컸다. '나도 어쩔 수가 없었어.' 병원 내 신입 간호사 교육 훈련 시스템이 빚어낸 예견된 사고였다. 시스템 없는 시스템의 참담한 결과였다. 의료진 개인의 희생으로 쥐어짜듯 돌아가는 한국 의료계의 뼈아픈 현실이었다.

당시 하얀은 신경외과 일반 병동의 주임 간호사로서 8명이나 되는 간호사들을 혼자 통솔하고 있었다. 부족한 인력 때문에 간호사들은 항상 잠이 부족하고, 체력이 바닥나 있었다. 매일매일 긴장의 연속이었다. 아무리 주의를 줘도 크고 작은 실수가 벌어졌다. 하얀은 실수를 범한 후배를 가혹할 정도로 따끔하고 매섭

게 다스렸다. 가벼운 실수 하나가 환자의 죽음을 부를 수 있기 때문이었다.

그러던 중, 갓 대학을 졸업하고 입사한 신입 간호사가 하얀의 팀에 배정됐다. 그녀가 처음 링거병을 바꿔 끼는 실수를 범했을 때 하얀은 불같이 화내며 프리셉터를 대신 나무랐다. 프리셉터는 신입 간호사가 업무에 잘 적응할 수 있도록 이끌어 주는 간호사다. 신입과 프리셉터는 멘토와 멘티 관계라고 할 수 있었다.

"어떻게 가르쳤길래 그런 실수를 하게 하냐"고 혼쭐이 난 프리셉터는 신입 후배를 앞에 세워 놓고 하얀에게 당한 것보다 더 호되게 질책했을 것이다. 그날의 사건으로 신입은 자신감을 잃어버린 듯했다. 그 후 몇 번의 크고 작은 실수를 거듭하며 질책 당하던 신입은 슬슬 일탈 행위를 하기 시작했다. 근태 시간을 어기기 일쑤였고 기본적인 차트 정리도 제대로 하지 않았다. 선배들은 계속 뒤를 봐줘야 하는 그녀를 멀리했고, 동기들도 슬슬 그녀를 따돌리기 시작했다. 언젠가부터 그녀가 어떤 일을 해도 잘하든 못하든 무조건적인 질책이 뒤따랐다.

주임간호사인 하얀은 그 사실을 알면서도 부러 모른 척했다. 당시 들이치는 환자들로 인해 체력과 인내심은 바닥나 있던 상태였으며, 솔직히 말해 그 신입이 내심 얄미웠던 것이다. 누군 왕년에 안 힘들어 봤나. MZ세대 특유의 고생 안 해 본 태도가 맘에 들지 않았다.

그런데 왜 하필 그 누구도 아닌, 나를 걸고 넘어진 걸까. 신입은 자살 시도 전에 쓴 유서에 주임 간호사 이하얀을 주동자로 지목했다.

자기 잘못을 부정하는 건 아니었다. 책임자로서 역할을 다하지 못한 부분에 대해 변명하고 싶지 않았다. 하지만 억울했다. 병동 내 환자들을 돌볼 시간도 빠듯한데 8명이나 되는 후배들을 일일이 지도하는 것으로 모자라 그들의 마음까지 살뜰히 살펴 줘야 한단 말인가. 간호사가 철인이라도 되는 줄 아나.

감사팀의 조사 결과를 내려받은 인사팀은 하얀에게 6개월 징계 휴직을 명령했다.

6개월이 지나 하얀은 병원 인사 발령에 따라, 현재의 강남 명진 의료원으로 전원 되었다. 당시 처우에 불만을 품은 본원 중환자실 수간호사가 사표를 던지고 나가면서, 그 공백을 메울 수 있는 실력자는 하얀밖에 없었던 것이다.

"어떻게 태움 사건 주동자를, 타원 수간호사로 불러들일 수 있어? 너무한 거 아니야? 손바닥으로 하늘을 가려도 유분수지!"

"말만 비영리재단이지, 병원은 무조건 남는 장사만 하는 집단이야. 자기네 이익되는 일이면 도덕이고 윤리고 뭣도 없어."

하얀을 둘러싸고 무성한 말들이 오갔다.

그렇게 강남 본원에서 제 2의 인생을 시작했다. 하지만 새로운

원에서 적응해 나가는 건 쉽지 않았다. 무엇보다 인력 관리에 스트레스를 많이 받았다. 하얀은 동료들의 질시 어린 시선을 받았고, 그녀가 내린 지시는 제대로 먹히지 않았다. 이미 강북 분원의 태움 사건 주동자라는 소문이 간호사들 사이에 퍼져 있었기 때문이다. 좀처럼 수간호사로의 위상을 세울 수 없었다.

하얀은 어느새 집단 따돌림의 대상, 태움의 피해자가 되어 있었다. 하얀도 그런 정도의 반발은 당연히 따를 거라고 예상했지만, 인내의 한계를 시험할 정도로 극악한 수준이었다.

그러던 어느 날, 하얀의 수간호사 자격을 위협할 만한 사고가 터졌다.

그날 아침, 병원 인근 도로에서 4중 추돌 사고가 발생했다. 병원은 넘쳐나는 응급 환자들로 북새통을 이루고 있었다. 신경외과도 병상 가동률이 두 배로 증가하면서 간호 인력이 부족해진 탓에 환자들의 아우성이 여기저기서 터졌다. 할 수 없이 하얀도 급한 대로 현장 실무에 나섰고, 정신없이 응급 처치를 해나가는 과정에서 실수를 하고 말았다.

아니, 실수가 아니었다. 누군가가 악의를 품고 차트 기록을 슬쩍 조작하는 바람에 빚어진 사고였다.

하얀은 분명 차트에 기록된 의사의 처방을 따랐을 뿐이었다. 처방에 따라 정맥주사로 투여한 에피네프린 용량이 문제였다. 차트 기록은 분명, 에피네프린 4밀리그램을 정맥 주사로 투여하라고 적혀 있었다.

그런데 주사를 맞은 환자가 심정지에 빠지고 말았다. 처방을 내린 의사가 황급히 달려와 발판에 올라서서 심폐소생술을 실시했다.

다행히 환자의 의식이 돌아왔지만, 자칫 목숨을 잃을 뻔했던 사고였다.

"어떻게 된 거지?" 의사가 하얀에게 물었다.

"모르겠어요. 저는 처방에 따라 에피 4밀리그램을 주사했는데…."

"뭐? 4밀리를 주사했다고? 정신 나갔어요?" 의사가 사색이 된 얼굴로 쏘아붙였다.

도무지 어찌 된 일인지 영문을 알 리 없는 하얀은 잔뜩 겁먹은 표정으로 의사를 쳐다보았다.

"차트 이리 줘 봐." 옆에 서 있던 간호사에게 차트를 넘겨받은 의사가 그걸 하얀 앞에 들이대며 말했다. "보라고. 차트엔 1밀리로 적혀 있잖아?"

차트를 확인한 하얀은 온몸에 소름이 돋으며 공황 증세를 일으켰다. 의사의 말이 맞았다. '4'가 아니라 '1'이었다. 하지만 누군가 의도적으로 조작한 숫자였다. 숫자 '4'에 밑줄을 두 번 죽죽 긋고, 그 옆에 '1'을 써넣은 기록이었다.

그때 하얀은 의사 옆에 바짝 붙어 서 있던 간호사의 입가에 비열한 미소가 어른거리는 것을 확인했다. 순간 모든 상황을 직감할 수 있었다.

하얀의 가슴에서 불길이 활활 타올랐다. 분노의 불길이었다. '나쁜 년들. 내가 아무리 미워도 어떻게 그럴 수 있지? 간호사라는 년들이 어떻게 환자 생명을 담보로 이런 장난을 칠 수 있냐고.'

"수간호사씩이나 되는 사람이 어떻게 이런 초보적인 실수를 범할 수가 있어요?" 의사가 힐난하듯 말했다.

"죄송합니다." 하얀이 발개진 얼굴로 고개 숙여 사과했다.

참담하고 억울했다. 하지만 이 억울한 심정을 의사에게 섣불리 토로할 수조차 없었다. 그랬다간 본인 실수를 후배들에게 덮어씌운다는 비난까지 덮어쓰고 말 테니까.

"이래서 완장은 아무나 차는 게 아니란 말입니다. 인성은 별로라도 실력은 괜찮은 줄 알았는데. 인사팀은 이런 사람을 왜 우리 원으로 불러들인 거야?"

의사가 하얀의 눈을 똑바로 응시했다. 하얀은 고개를 푹 숙이고 두 손을 모은 채 잠자코 서 있었다. 그러자 의사가 차트를 하얀 바로 앞에 팽개치고 다른 병상으로 가 버렸다.

허리 숙여 차트를 집어 드는 순간 울음이 터지고 말았다. 하얀은 울음을 꾹꾹 눌러 참으며 병실 밖으로 나왔다.

점심시간 무렵, 하얀은 화장실 문을 잠그고 변기 뚜껑에 앉아 억울하고 비참한 심정을 달래고 있었다. 그때 점심 식사를 마친 간호사들이 화장실에 들어왔고, 낄낄거리며 수다를 떨어 댔다.

"다시 생각해 봐도 통쾌한 순간이었어."

"맞아요. 폰카로 찍었으면 좋았을 텐데…."

"지가 언제까지 버틸 수 있나 어디 두고 보자고."

"그때까지 계속 파이팅 하자구요. 어디 굴러온 돌이 박힌 돌 빼고 있어."

하얀은 당장 문을 박차고 나가 저년들 머리를 변기 물에 처박아 버리고 싶은 충동을 간신히 억누르고 있었다. 그 순간 느닷없이 '박병도'의 얼굴이 떠올랐다. 당장 그를 찾아가 저년들이 저지른 범죄 행위에 대한 단서를 구해 오라고 청탁하고 싶은 생각이 뒤를 이었다.

하지만 하얀은 이내 머리를 흔들며 박병도의 얼굴을 털어내 버렸다. 박병도, 그 인간이야말로 믿을 수 없는 존재였다. 차상혁 교수와의 친분을 과시하며 간호사들에게 접근해 불필요한 접촉을 하는 버릇이 있어서 다들 쉬쉬하며 경계하는 사람이었다.

하얀에게 추잡한 손길을 뻗기도 했다. 그녀가 본원의 수간호사가 되어 돌아왔을 때, 박병도가 백화점 상품권이 든 봉투를 차트 기록지 밑에 슬쩍 끼워 건네며 하얀의 가냘픈 손등을 톡톡 쳤다.

"진심으로 축하드립니다. 난 이 간호사가 해낼 줄 알았어. 아, 이제 수간호사님이라고 불러야겠죠? 언제 식사 한번 해요. 술까지 곁들이면 더욱 좋고."

하얀은 박병도의 저 뻔한 수작에 넘어간 동료 간호사들이 몇이나 될지 생각하다가 기분이 더러워지고 말았다.

"왜요. 저 한번 자빠뜨리고 싶으세요?"

하얀이 봉투를 홱 빼서 박병도 코 앞에 들이대고 사납게 말했다.

"에이, 요즘 세상에 그랬다간 큰일나죠. 나도 밥줄 끊겨요."

박병도가 느물거리며 봉투를 다시 차트 기록판에 끼워 넣었다.

"그냥 친해지고 싶어서 그래요. 나랑 친해지면 여러모로 도움이 될 텐데…." 박병도가 오른눈을 찡긋하며 말했다.

"도움 필요 없어요." 하얀이 매몰차게 쏘아붙였다.

"글쎄. 언젠가 내가 필요할 때가 올 걸요." 박병도가 짐짓 의미심장한 목소리로 말했다.

그랬는데 정말 그런 날이 오고야 만 셈이었다.

하지만 절대 안 될 일이었다. 문제는 이 막다른 골목에서 벗어날 길을 찾을 수 없다는 것이었다. 다시금 하얀의 몸과 마음을 점령해 버린 절망이 그녀를 더 깊은 골목으로 몰아가고 있었다. 번아웃 상태에 빠진 듯 기력이 없었고, 모든 의지를 소진해 버린 것 같았다.

아무리 머리를 굴려 봐도 하얀은 더 이상 버틸 자신이 없었다. 심리적 극단까지 밀린 상황이었나. 가까스로 화장실에 나온 그녀는 사람들 눈을 피해 비상 통로로 몸을 숨겼다.

하얀은 비상 통로 계단에 앉아 죽음을 떠올렸다. 잠시 뒤로 미뤄진 인과응보의 시간이 다가왔다고 느꼈다.

하얀은 옥상으로 향하는 계단을 하나하나 밟아 올라갔다. 생으로부터 멀어지는 오르막이었다. 그 걸음을 돌려세운 사람이 있었다. 바로 오기태였다.

오기태는 우연히 비상계단으로 들어가는 하얀의 뒷모습을 보았다.

"이 선생, 요즘 다이어트해요?"

오기태의 예리하고 섬세한 감정의 촉수는 그 자태에서 심상치 않은 기운을 읽었고, 자칫 그릇된 행동으로 이어질지도 모른다는 위기감을 느꼈던 것 같았다.

오기태의 목소리에 하얀이 주춤 멈춰 섰다. 13층 야외 정원과 연결된 출입문 앞에서였다.

"나도 같이 할까요? 요즘 자꾸 술배가 나와서."

오기태가 계단을 두 개씩 건너뛰며 올라왔다. 하얀은 그 앞에서 무너지고 말았다. 서러운 울음이 터져 나왔다.

오기태는 안도의 한숨을 내쉬며 하얀을 가볍게 안아주었다. 누가 보면 또 괜한 소문이 돌까 봐 걱정하면서도 하얀은 오기태의 품에서 큰 위로를 받았다.

이내 하얀과 나란히 야외 정원 벤치에 앉은 오기태는 조곤조곤 말하기 시작했다. "싸우세요. 이 선생답게."

오기태는 이미 모든 상황을 알고 있다는 듯 말했다. "이 빌어먹을 시스템이, 이 선생 같은 분들을 못살게 구니까… 버틸 도리가 없지요. 정말, 뭐라 드릴 말씀이 없습니다. 이건 다 우리 선배 세대의 책임이고 잘못이에요. 진심으로, 미안합니다."

하얀은 아무 대답 없이, 먼 곳을 바라봤다. 가슴이 터질 것만 같았다.

"하지만… 감히 부탁드립니다. 부디 버텨 내 주세요. 이 선생이 과거의 상처를 이겨 내고 다시 병원으로 돌아왔던 그 마음, 그 사명감을 잊지 말아요. 이 망할 시스템도 언젠가는 바뀔 겁니다. 그날까지, 이 선생이 현장에서 싸우고 막아 내며 사람들을 살려 주세요. 그러니까… 제발 살아남아 주세요. 부탁입니다. 알겠죠?"

그날 오기태가 하얀을 살렸다. 생명의 은인이었다.

다음날, 오기태는 신경외과 중환자실 간호사들을 전부 불러 모았다. 그가 손에 든 것은, 하얀의 근무 일지였다. 하얀이 매일 밤 식탁 의자에 정물처럼 앉아 기도하듯 써 내려간 기록이었다. 입원 중인 환자들에 대한 소상하고 세심한 관찰 및 간호일지, 동료 간호사들에 대한 관심과 애정을 드러낸 글, 자신의 부족함에 대한 솔직한 토로까지 꼼꼼하게 기록되어 있었다.

자신의 과오에 대한 처절한 반성도 들어 있었고, 어떻게 하면 그런 일이 재발하지 않도록 할지 고민한 흔적도 군데군데 나열되어 있었다. 하얀의 진심 어린 반성과 성찰, 지난 과오를 만회하기 위해 몸부림친 흔적이 십자가처럼 박혀 있었다.

마침 그날은 응급실 신입 간호사의 생일이었고, 서프라이즈 생일 파티에 대한 계획까지 나열되어 있었다.

오기태는 일지에 적힌 기록 몇 가지를 읽었고, 자기는 이하얀 선생 같은 수간호사를 본 적이 없으며, 이런 분과 동료로서 일하고 있다는 걸 행운으로 생각한다고 말했다.

"저는 이 기록이 간호사 여러분을 위한 가장 뛰어난 교과서라고 생각합니다. 여러분도 저와 같은 행운을 누리고 있다는 점을 알아주셨으면 합니다."

이 말을 끝으로 오기태는 조용히 의국 밖으로 사라졌다.

생일을 맞은 신입 간호사가 눈물을 보였고, 그 자리에 모인 모든 간호사들이 하나둘씩 하얀에게 사과했다. 오기태의 영향력은 그토록 막강하고 따뜻했다.

그 뒤로 오기태라는 존재는 이하얀의 정신적 버팀목이 됐다. 부모이자 스승이었으며, 동료이자 친구였다. 세상에서 등 떠밀려 지치고 힘들 때, 온전히 의지할 수 있는 진짜 거인이 주변에 있다는 것만으로 위로가 되는 기분이었다.

그런 분의 뇌사 판정을 내 손으로 직접 내려야 한다니, 하얀은 모든 것이 운명의 장난처럼 느껴졌다.

"이하얀 선생님, 바쁘세요?" 신종수의 목소리였다.

"네, 교수님. 무슨 일이세요?" 하얀은 얼른 상념을 떨치며 자리에서 일어났다.

"아. 조영자 환자요. 혹시 오전 중에 한 번 더 ICP 찍어봐 주실 수 있을까요?"

"그럼요. 당연하죠." 하얀은 오전 내내 빡빡하게 차 있는 스케줄표를 머릿속에서 떨쳐냈다. 지금 하얀이 죽음의 문턱에 서 있는 오기태에게 해줄 수 있는 것은 이것밖에 없었다. **제 자리를 지키는 일. 그리고 최선을 다해 환자를 돌보고 살려내는 일.**

02-13 PM 11:21

밤이 한참 깊었지만 가람 사무실 곳곳엔 훤히 불이 켜져 있었다. 온누리와의 대격돌을 앞둔 가람은 비장한 전운이 감돌았다. 시니어, 주니어 할 것 없이 모든 임직원이 그야말로 사생결단의 각오로 프로젝트에 투입된 상황이었다.

"어, 대표님? 왜 다시 돌아오셨어요? 아까 퇴근한 거 아니셨어요?" 사무실로 되돌아온 장승수를 발견한 시니어 변호사가 초코파이를 우물거리며 다가왔다.

"대표가 모범을 보여야지 싶어서."

"헐. 언제부터요?"

"오늘부터다, 새꺄." 장승수는 시니어가 먹고 있던 초코파이를 빼앗아 한입에 꿀꺽 삼켰다.

장승수는 사무실로 들어오자마자 불도 켜지 않은 채로 책상에 앉았다. 노트북을 켜고 곧바로 웹하드에 접속해 파일을 열람했다. 오영빈이 빼돌렸다는 기밀 자료의 일부였다. 오기태의 뇌사 판정이 약속대로 미뤄지면, 그래서 재산 은닉이 문제없이 완료되면, 나머지 자료들을 건네겠다는 무언의 메시지가 담겨 있었다. 이 정도의 자료라면 온누리를 꺾을 필살기로 충분했다. 장승수의 승부욕이 준마처럼 거칠게 날뛰었다.

그때 휴대폰이 울렸다. 차상혁이었다. "요즘 내 휴대폰 목록이 온통 명진의료원 사람들이군. 이건 뭐 변호사인지, 의료인인지." 장승수는 불만스레 중얼거리며 곧장 전화를 받았다. "예."

"안녕하세요. 장 변호사님. 차상혁입니다." 상혁이 말했다.

"알아요. 오밤중에 웬일이요?" 티를 안 내려고 했지만, 퉁명스레 말이 나오고 말았다.

"이때쯤 돼야 여유로우실 것 같아서요. 요즘 많이 바쁘신가 봅니다?" 상혁이 전화를 걸어온 의도를 알 것 같았다. 표심을 확인하려는 것이다.

"나나 차 교수나 피차 안 바쁘면 손가락 빨아야 하는 직업 아니요. 그나저나 나 바쁠까, 걱정해 주러 전화했수?"

"뇌사판정회의 참석 여부를 확인하라고 하시네요, 심 원장님께서. 임시 소집회의 때 불참하셨잖습니까?"

만약 한주희가 던진 의혹대로 차상혁이 뺑소니 진범이라면, 이런 사이코패스가 따로 없었다. 다혈질인 성격에 슬슬 열불이 나기 시작했다.

"참내. 참석 페이를 주는 것도 아니면서. 내가 이 나이에 출석 체크까지 받아야 하나?"

"오해십니다. 아시다시피 뇌사판정위원회는 등록 인원의 2/3가 참석해야만 개회되기 때문에 인원수를 미리 파악해 두는 것뿐입니다. 기분 나쁘셨다면 사과드립니다. 많이 바쁘신 듯하니 그럼, 뇌사판정회의엔 불참하시는 걸로 알고 있겠습니다."

상혁은 일방적으로 통화를 정리하려 했다. 그 태도가 장승수의 의심에 더욱 불을 지폈다.

"아뇨. 참석할 겁니다." 장승수가 말했다. "뺑소니 진범을 잡아다가 형님 옆에 무릎 꿇리기로 내 결심했거든. 그때까지 뇌사 판정은 유보예요. 차 교수도 그렇게 알고 있으면 돼." 그리곤 곧바로 통화를 종료해 버렸다.

보지 않아도 차상혁의 표정을 떠올릴 수 있었다. 언제나 흔들림 없던 그 핸섬한 얼굴이 일그러지는 상상을 하며, 장승수는 마치 정의의 사도가 된 듯한 통쾌한 기분에 사로잡혔다.

장승수와의 통화를 마친 상혁은 병원 1층의 24시간 카페테리아로 들어서면서 극심한 피로감을 느꼈다. 뭐라도 먹어야겠다 싶어 토마토주스 한 잔과 클럽샌드위치를 시켜서 구석 자리에 가 앉았다. 제법 먹음직스럽게 생긴 샌드위치였지만 식욕은 전혀 동하지 않았다.

"우리 부원장님, 정말 이대로 돌아가시는 거 아니겠지."

"어디서 재수 없게 그딴 소릴 하냐? 부원장님은 반드시 일어나실 거야. 그렇게 훌륭한 분을 하늘이 그냥 죽도록 내버려두겠어? 오늘을 위해 차상혁 교수를 부원장님 곁에 두신 게 아니겠어?"

"그렇지? 차상혁 교수는 죽은 사람도 살리는 명의라면서?"

"그렇다니까. 부원장님 수제자잖어. 생면부지의 남들도 다 살렸는데 하늘 같은 스승 하나 못 살리겠냐구? 지금 뇌사 판정 안 하고 저렇게 모셔 두고 있는 것도 다 차상혁 교수가 어떻게든 살려 보려고 애쓰는 거라잖아?"

타과 당직 간호사 둘이 상혁이 뒤에 앉아 있는지도 모르고 저들끼리 대화를 주고받았다. 그들뿐 아니라 명진의료원에서 일하는 사람들 모두가 이와 비슷한 대화를 소곤거리고 있었다.

그렇게 오기태는 죽어 있는 듯 살아 있었다. 사람들의 입에서 입으로 옮겨가며 질긴 생을 연명하고 있었다. 그를 추모하는 사람들의 마음속에서 영원히 살아 있을 것 같았다. 반면 상혁은 거대한 오기태의 그림자 아래서 영영 죄인처럼 살게 될 것이었다.

뇌사 판정을 받은 쪽은 오기태가 아니라, 상혁이었다.

상혁은 클럽샌드위치를 한 입 베어 물고는 구역감을 느꼈다. 역류성 식도염이 재발한 듯했다. 아닌 게 아니라 요 근래 커피 외에 제대로 된 식사를 해 본 적이 없었다. 상혁은 결국 샌드위치를 던지듯 내려놓고 토마토주스를 한입에 털어 넣었다. 식도를 타고 쓰디쓴 위산이 화르륵 올라오는 것이 느껴졌다. 그때 마침 박병도에게서 전화가 걸려 왔다.

"하느님이 차 교수님을 보우하시나 봅니다. 안드레아 보좌신부님이 모시는 미카엘 주임신부님이 지금 강남 재평병원 중환자실에 계시다는데요?" 박병도가 차분한 투로 말했다.

"그게 왜요?"

"그분이 심장 이식 대기 환자라는군요."

박병도의 말대로 하늘이 상혁을 돕고 있었다. 역시 진인사대천명이었다. 상혁은 안도의 숨을 길게 토했다.

"지금 굉장히 급박한 상황이랍니다. 열흘 안에 이식 수술을 받지 못하면 죽을 수도 있대요. 제가 알기로는 그분, 부원장님과 나이도 체구도 비슷해 보이고, 혈액형만 일치하면 심장 이식 우선 대상으로 수혜자가 되실 수 있지 않을까요?"

"안 되면 되게 하면 되구요." 상혁이 트레이를 들고 자리에서 일어났다.

"안드레아 신부가 미카엘 수임신부님을 아버지처럼 여기고 있으니까, 안드레아 신부 쪽은 이걸로 보험 들면 될 것 같습니다."

"사실 지금 안드레아 신부보다 장승수 대표가 문젭니다." 상혁이 카페를 나서며 말했다.

"장승수 대표요? 임시 소집회의 때 안 나온 그 분이요?"

"네. 장 대표가 갑자기 이상한 말을 하네요. 그쪽도 한번 알아봐주세요. 느낌이 좋지 않아요."

"저, 차 교수님, 저는 이쯤에서 빠져야 될 것 같은데요." 박병도가 슬그머니 꽁무니를 뺄 심산이었다.

상혁의 얼굴이 순식간에 벌겋게 달아올랐다. "무슨 소립니까? 이런 상황에서 갑자기."

"저희 신약 개발이 완료 단계라서요. 임상 건도 알아봐야 하고. 암튼 저도 먹고살기 바쁜데, 언제까지고 여기에 매여 있을 수가 없습니다. 죄송합니다. 차 교수님."

"그 임상, 내가 해 준다면…?"

순간 박병도가 멈칫하더니 잠깐의 정적이 흘렀다. 머릿속으로 빠르게 계산기를 두드리는 것이리라. "제가 지금 접대에 나와 있어서요. 먼저 끊겠습니다. 다시 연락드리겠습니다." 하다 하다 이젠 박병도까지 판정을 보류했다. 상혁은 분노가 치밀어올랐다.

"어이, 박 이사! 박 이사!!" 상혁이 소리쳤지만 이미 통화가 끊긴 상태였다. 놈이 고삐를 풀고 달아나려 하고 있었다. 다급해진 상혁은 다시 전화를 걸려다가 휴대폰 든 손을 툭 늘어뜨렸다. 감정을 누그러뜨릴 필요가 있었다. 필요 이상으로 격한 감정 표출은 때로 상대방의 반발을 불러일으키게 마련이다. 좀 더 튼튼한 고삐를 준비하고 기회를 볼 때였다.

머릿속이 어지럽고 복잡했다. 상혁은 엘리베이터에 타고 닫힘 버튼을 누른 뒤 고요히 눈을 감았다. 멘탈 리허설이 필요한 순간이었다. 남은 시간이 턱없이 부족했다. 만에 하나 한주희가 돌발 행동을 할 가능성에 대비해야 했다. 미궁 속에 있는 장승수의 본의를 파악해야 했고, 이하얀과 안드레아의 결정도 물밑으로 확인해야 했다.

상혁은 핏발 선 눈을 스르륵 떴다. 엘리베이터 계기판의 숫자가 하나하나 올라갈수록 상혁의 심장 박동도 격렬하게 빨라지기 시작했다. 맨 꼭대기 층인 23층 버튼이 보였다. 아무나 누를 수 있지만 감히 그 누구도 누르지 못하는 버튼. 23층 버튼이 상혁의 측좌핵을 살금살금 간지럽혔다.

이제 거의 다 왔어. 조금만 더 올라오면 돼.

한 층만 더.

단 한 층만… 더.

순간 상혁은 2차 검사 때 혼자 목격했던 오기태의 미세한 뇌파를 떠올렸다. 뒤이어 오기태가 기적적으로 눈을 뜨는 장면이 그려졌다. 멀쩡히 되살아난 오기태는 상혁을 뺑소니 운전자로 지목한다. 그리곤 상혁의 의료 파실 증거를 경찰에 넘긴다. 상혁의 양

손엔 수술용 장갑 대신 둔탁한 수갑이 턱, 턱, 채워진다. 김미연에 대한 살인죄와 오기태에 대한 살인 미수죄. 의사 면허는 영구 박탈되고 한나와의 약혼은 자동 파기된다. 이준모는 괘씸한 후계자에게 철퇴를 내린다……!

오기태가 죽어야 해! 최대한 빨리! 한시도 지체할 시간이 없다!

땡! 엘리베이터가 8층에 멈췄다. 신경외과 중환자실 병동이 있는 층이었다. 이곳에 오기태, 바로 그가 잠들어 있다.

02-14 AM 00:18

사고 이후 단둘이 오기태의 얼굴을 마주하는 건 처음이었다. 오기태는 일견 깊은 잠에 빠진 듯 보이지만, 자발적 호흡이 불가능한 탓에 산소 호흡기로 생을 연명하는 중이었다. 그토록 거인 같던 존재가 지금 햇볕에 말라비틀어진 지렁이처럼 볼품없이 몸을 축 늘어뜨리고 있다.

"교수님…?" 혹시나 대답이 돌아올까 싶어서 상혁은 미간을 좁혔다. 당연히 오기태는 묵묵부답이었다.

문득 상혁의 초점 없는 시선이 오기태가 쓴 산소 호흡기로 가닿았다. 갑자기 모든 것이 가소롭고 허무맹랑하게 느껴졌다. 이 산소 호흡기만 떼어 내면 오기태의 심장은 즉시 멈춘다. 뇌사 판정이니 뭐니, 징글징글한 것들이 한순간에 끝난다. 진작 이렇게 끝내 버릴 것을.

차상혁의 광기 어린 손이 막 산소 호흡기를 쥐어 잡으려던 그 순간이었다.

"차 교수님? 거기서 뭐 하세요?" 이하얀의 목소리였다. 상혁은 뻗었던 손을 스르륵 거둬들이며 뒤를 돌아봤다.

"어머, 교수님 우세요?" 이하얀의 말에, 상혁은 그제야 뺨을 타고 흐르는 눈물을 알아차렸다. 뺨을 손등으로 훔치며 얼른 고개를 돌리자 하얀이 티슈를 뽑아와 상혁에게 건넸다.

"부원장님 뵈러 오신 거예요?" 안타까운 얼굴로 하얀이 말했다.

"네." 상혁은 간신히 답했다. 하얀은 메디컬 카트를 침상맡에 세워 두곤, 오기태의 이불을 목 끝까지 끌어올렸다. 다행히 상혁이 하려던 짓을 눈치채지 못한 듯했다.

"부원장님. 차 교수님 오셨어요. 보이세요? 차 교수님 우시는 거. 부원장님 말씀이 맞았네요. 차 교수님이 보기완 달리 순하고 여린 사람이라고 저한테 그러셨잖아요." 하얀은 우는지 웃는지 모르겠는 얼굴로 상혁을 뒤돌아봤다.

"이 선생도 오 교수님이 깨어나실 거라고 기대하나 봐요?" 차상혁이 짜증을 누르며 물었다.

"아뇨. 부원장님은 이미 돌아가셨어요." 예상외로 단호한 이하얀의 대답에 상혁은 내심 당황했다. "의학직으로 모든 지표가

BD(Brain Death, 뇌사)를 가리키잖아요. 죽은 사람이 다시 살아날 수는 없어요."

"만에 하나란 게 있잖아요. 우리가 미세한 뇌파 신호를 놓쳤을 수도 있고… 또는 말 그대로 기적이란 게 일어날 수도 있고." 상혁이 떠보듯이 말했다.

"교수님. 전 의료인이에요. 현대 의학이 미치지 못하는 영역은 제 소관이 아니에요. 저는 의료인으로서, 할 수 있는 걸 할 뿐이에요."

"그럼, 뇌사판정회의 때…."

"네. 동의할 거예요. 당연한 거잖아요." 이하얀이 나지막이 말했다.

상혁은 더이상 아무 말도 하지 않고 뒤돌아섰다.

복도로 걸어 나오며 마지막으로 힐끗 뒤돌아본 병실 안에선 이하얀이 오기태에게 뭔가를 열심히 말하고 있었다.

8장 한남동성당 보좌신부 안드레아

8

02-14 AM 06:24

"하느님 아버지, 미카엘 신부님께 병을 고치는 성령의 은사를 내려 주시기를 간절히 기도하옵나이다, 기적을 보여 주시기를 바라옵고 바라옵나이다…."

안드레아는 오늘도 기적을 갈망하며 새벽 기도를 올리고 있었다. 주임신부 미카엘을 위한 기도였다. 미카엘 주임신부는 지금 강남 재평병원 중환자실에서 사경을 헤매고 있었다. 열흘 안에 심장 이식을 받지 못하면 심부전으로 죽을 거라고 주치의는 말했다. 하느님이 원망스러운 정도로 절박한 상태였다. 안드레아의 기도도 전례 없이 절박했다.

안드레아는 문득 성경 속 인물 '라자루스'를 떠올렸다. 안드레아가 간절하게 기도하는 유일한 희망, 그것은 바로 '리자루스의 기적'이었다.

신약성서에 등장하는 인물로 라자루스라는 사람이 있다. 외래어 표기법이 정리되기 전까진 '라자로' 또는 '나사로'라고 불렸던, 예수께서 '4일의 기적'으로 되살려 냈다는 유대인이다.

뇌사판정위원회에 참여하면서 안드레아 신부는 죽었다가 살아난 라자루스를 자주 떠올리곤 했다.

중병에 걸린 라자루스가 죽음의 문턱을 헤매고 있을 때 그의 두 누이인 메리와 마사가 예수님께 방문을 부탁했다. 예수님이 도착했을 때 이미 라자루스는 죽은 지 4일이 지난 후였다. 예수님은 그가 묻힌 곳으로 찾아가 죽은 라자루스를 무덤에서 불러내는 기적을 행하셨다. 성서에는 그렇게 기록되어 있다.

과학으로 설명할 수 없는, 그야말로 기적이다. 그런데 과학자들은 이런 기적에서조차 과학적 진실을 탐구하려는 열정을 발휘한다. 의학자들은 라자루스 사례에서 뇌사 진단 환자와의 접점을 찾아냈다.

1982년 총상을 입고 뇌사 판정을 받은 28세 남자가 라자루스 징후의 첫 증례로 보고되었다.

뇌사 진단 15시간 후 팔꿈치를 굽혀 기도하듯 두 손을 모았다가, 모은 손이 떨어져 가슴 아래로 내려가는 모습이 자발적으로 나타났다. 마치 성서 속 라자루스처럼 말이다. 이러한 움직임은 며칠간 지속되었다. 사지에 통증을 주거나 목을 굽히거나 발바닥을 자극했을 때도 같은 증상을 보였다.

그렇게 탄생한 의학 용어가 라자루스 징후(Lazarus' sign)다. 이후에도 뇌사 판정을 받았던 환자가 갑자기 부활이라도 한 것처럼 움직이는 사례가 나타나곤 했다.

하지만 이는 기적이 아니라 그저 예외적이고 일시적인 징후일 뿐이라고, 저명하신 신경외과 전문의들은 말한다.

하지만 정말 그럴까? 그 저명하신 분들은 정말, 삶과 죽음을 가르는 경계가 '뇌사'라고 확신하고 있을까? 인간이 같은 인간의 죽음을 그토록 단호하고 냉철하게 규정지을 수 있을까? 그렇다면 누가 그런 권능을 그들에게 부여했는가? 안드레아 신부는 뇌사판정위원회에 참석할 때마다 이런 의문들로 머릿속이 어지러웠다. 종교적 신념까지 뒤흔들 정도로 강력한 지진이 뇌를 흔들어 대곤 했다.

세상 만물을 창조하신 분은 하느님이다. 인간 생명 또한 하느님의 창조물이다. 따라서 무릇 인간의 생명은 하느님의 영역에 속한다. 곧 인간 생명의 주인은 인간이 아니라 하느님이라는 말씀이다. 인간은 그저 하느님이 주신 생명을 소중하게 가꾸고 관리하는 생명의 관리자일 뿐이다. 따라서 가톨릭교회는 인간 생명이 하느님에게서 오는 것이기 때문에, 그 시작과 끝도 인간이 임의로 처리해선 안 된다는 점을 분명히 해 왔다.

그렇다고 의사의 역할을 부정하지는 않는다. 대부분의 죽음이 병원 침대에서 이루어지는 현실을 어찌 부정할 수 있겠는가. 가톨릭은 오래전부터 인간의 죽음에 대해 분명하고 정확하게 정의하고 그 순간을 결정하는 것은 의사에게 달려 있다고 가르쳐 왔다. 1995년 교황청이 '의료인 헌장'을 발표하며 뇌사를 죽음의 기준으로 공식 인정하기도 했다.

어찌 보면 이율배반적인 두 개의 논리 사이에서 충돌하다 현실에 부합하는 방향으로 타협한 감이 있다.

장기 이식에 대한 윤리적 관점도 현실을 반영하는 방향으로 정립되어 있다. 가톨릭은 치료 목적 또는 학문적 연구를 위해 사체에서 장기나 인체 조직을 떼어 내는 데에 기본적으로 동의한다. 물론 안드레아 신부도 같은 입장이었다. 어쩌겠는가. 성서에서는 의학적 의문에 대한 답을 찾을 수 없다. 현실에서 답을 구하거나 타협해야 한다.

그러므로 안드레아가 오기태 뇌사 판정위원으로서 반대표를 던질 이유가 없었다. 조심스러워서 적극적으로 의사를 드러내지 못했을 뿐, 한시바삐 뇌사 판정이 통과되어 오기태의 숭고한 뜻이 실현되기를 바랐다.

게다가 안드레아에게는 개인적인 사연이 있었다. 미카엘 주임 신부는 안드레아에게 아버지나 다름없는 존재였다.

안드레아는 태어나자마자 수도원에 버려졌다. 그에겐 수도원이 집이었고, 사제들이 부모 형제였다. 당시 수도원의 수도 사제였던 미카엘이 안드레아를 지극정성으로 돌봤다. 미카엘 신부는 안드레아를 지탱해 준 하나의 우주와도 같았다. 안드레아는 미카엘 신부의 보살핌과 가르침을 받으며 성장했고, 오늘에 이르렀다. 안드레아가 신부가 된 것은 자연스러운 귀결이었다.

그런 미카엘 신부에겐 지금 심장을 이식해 줄 기증자가 절실하다. 마침 그럴 때 오기태 부원장이 뇌사에 빠졌다. 오기태 부원장의 죽음이 미카엘 신부의 생명으로 이어질 수 있다. 물론 미카엘 신부가 오기태 부원장의 심장을 이식받는다는 보장은 없었다. 수혜자 선정은 국립장기이식관리센터의 체계적인 시스템에 따라 결정된다. 하지만 지금 이 순간 품어 볼 수 있는 유일한 가능성이므로.

"오, 주님. 어떻게 저를 이토록 시험에 빠지게 하십니까!" 안드레아는 십자가 앞에 무릎 꿇고 앉아 절규했다.

오기태 부원장 또한 미카엘 신부만큼이나 안드레아가 마음속 깊이 존경해 온 인물이었다. 원래 뇌사판정위원회에는 미카엘 신부가 참여하고 있었다. 미카엘 신부가 입원하면서 안드레아가 그 자리를 이어받은 것이었다. 할 수만 있다면 거절하고 싶은 자리였다. 미카엘 신부가 직접 안드레아를 오기태 부원장에게 추천했다고 들었다. 안드레아로선 미카엘 신부의 뜻을 거부할 수 없었다. 오기태 부원장도 직접 전화를 걸어 부탁을 해 왔다. 안드레아는 미카엘 신부의 뜻을 받아들이겠다고 대답했다.

안드레아는 이 운명의 연결 고리가 감당하기 힘든 딜레마로 다가왔다. 오기태 부원장의 처참한 비극이 미카엘 신부에게는 새로운 삶의 기회가 될 수 있다는 이 부조리한 아이러니. 성직자로서 결코 바라서는 안 될 것을 바라고 있는 죄스러운 패러독스.

"모든 것은 주 하느님의 뜻대로 하소서. 성부와 성자와 성령의 이름으로 비나이다. 아멘…." 결국 그분의 뜻대로 되리란 걸, 안드레아는 이미 알고 있었다.

기도를 마친 안드레아는 조용히 몸을 일으켰다. 그 순간 휴대폰 화면이 번쩍였다.

'명진의료원 차상혁입니다. 통화 가능하실까요?'

차상혁이 보낸 문자 메시지였다.

안드레아는 문자를 확인하면서 왠지 모를 불안감에 사로잡혔다. 안드레아는 일단 휴대폰을 주머니에 집어넣고 고해소 쪽으로 발걸음을 재촉했다. 일찍이 요청 받은 개별 고해 시간이 임박했기 때문이다.

02-14 AM 06:59

낡은 고해소 문이 끼익, 소리를 내며 열렸다. 안드레아는 숨을 고르고 성호를 그었다. "주님의 자비를 듣고 고백하십시오. 당신의 죄를 들으려 합니다."

아무 말이 없었다. 안드레아의 단전 깊숙한 데가 뻐근해져 왔다. 안드레아는 한번 더 말했다. "당신의 죄를 들으려 합니다."

"신부님, 죄를 지었습니다." 그제야 반투명한 격자막 너머에서 목소리가 들려왔다. 안드레아는 고개를 갸웃했다. 어쩐지 낯익은 목소리였다.

"진심으로 회개하십니까?"

"진심으로… 회개합니다."

틀림없이 어디선가 들어본 적이 있는 목소리였다. 안드레아가 흐릿한 기억을 더듬고 있을 때, 고해자가 말을 이었다.

"저는… 누군가의 죽음의 진실을 알고도 외면했습니다."

안드레아의 심장이 둥둥, 울려 댔다. 그 소리가 격자막 너머까지 들릴 듯했다. 안드레아는 다급히 오른손으로 왼쪽 가슴을 꾹 눌렀다.

"저의 이익 때문에 그분의 억울한 죽음에 대해 침묵했습니다. 어쩌면 제가 그분을 죽인 것과 다름없습니다. …이에 대해 주님 앞에 사죄합니다."

아침해에 붉게 물든 십자가가 신의 계시처럼 빛나고 있었다.

02-14 PM 10:46

안드레아는 아침을 먹는 둥 마는 둥 하고 사제관으로 돌아와 책상에 앉은 채로 까무룩 잠들었다. 얼마쯤 지났을까, 어린 사제 하나가 안드레아의 방문을 세차게 두드려 그의 단잠을 깨웠다. 미카엘 주임신부가 입원해 있는 강남 재평병원에서 성당으로 비상 연락이 온 것이다. 안드레아는 옷도 제대로 갖춰 입지 않고 허둥지둥 병원으로 달려갔다.

병원에 도착한 안드레아는 병동 복도에서 뜻밖의 인물을 마주했다.

"차상혁… 교수님? 여긴 웬일이세요?"

"아, 안드레아 신부님 오셨습니까?" 복도 벤치에 앉아 있던 차상혁이 붉게 충혈된 눈으로 안드레아를 올려다봤다. 안드레아는 그제야, 오늘 아침 고해 성사 이후 차상혁에게 콜백을 하지 않았단 걸 깨달았다.

"앗, 제가 전화를 드린단 게 깜빡했네요. 요즘 통 정신이 빠져 있어서… 정말 죄송합니다. 근데 무슨 일 때문에…?"

"이 건 때문이었습니다. 미카엘 신부님, 심장 이식받을 수 있겠습니다." 상혁이 자리에서 일어서며 말했다.

"예? 그게 무슨 말씀이세요?"

"이번 오기태 교수님의 뇌사 판정이 통과되면, 미카엘 신부님이 심장 수혜자로 선정될 가능성이 높습니다. 아니, 확실히 그렇게 될 겁니다. 기증자 오기태와 수혜자 미카엘 신부의 임상적 조건이 90퍼센트 이상 일치하는 걸 방금 제가 확인했습니다. 장기 코디네이터와도 얘기 잘 나눴구요." 차상혁이 빠른 속도로 말했다.

뭐가 뭔지 정신이 없었지만, 차상혁이 그렇다면 그럴 것이다. 차상혁은 세계 최고 신경외과 권위자인 오기태가 인정한 천재이다.

"오오, 주님!" 안드레아의 무릎이 휘청 꺾였다. 순식간에 굵은 눈물이 뺨을 타고 줄줄 흘러내렸다.

"오늘 중으로 미카엘 신부님을 우리 병원으로 전원하는 게 좋겠습니다. 그래야 수혜자로 선정될 가능성이 높아지니까요."

"어떻게 이렇게 갑자기… 오오, 주여! 교수님께서 힘을 써 주신 건가요?" 안드레아가 벽을 짚고 간신히 두 다리를 일으키며 말했다.

"그보단, 하느님의 뜻이 아닐까요?" 차상혁이 가볍게 미소를 지었다. 웃는 게 아니라 찡그리는 듯 보였다.

그 순간, 안드레아는 이른 아침 고해소에서의 일을 떠올렸다. 반투명한 격자막이 서서히 거둬지고, 안개에 휩싸인 진실이 선명하게 제 모습을 드러낸다.

"차상혁 교수가 오기태 부원장을 일부러 차로 쳐서 죽게 했단 사실을 알고도, 저는 묵인하고 있습니다. 이 살인에 대해, 저는 앞으로도 묵인할 생각입니다. 진심으로 주님 앞에 사죄합니다."

고해자는… 분명히 그렇게 말했었다.

상혁은 무덤덤하게 말을 이어갔다. "지금 당장 출근해서 전원이 이뤄지도록 조치하겠습니다. 시간이 없습니다. 일단 움직이시죠." 상혁이 몸을 돌려 나가려는 순간, 안드레아가 그의 팔을 붙잡았다. "차, 차상혁 교수님!"

상혁이 가려던 걸음을 멈추고 돌아보았다. "네? 신부님."

안드레아의 입술이 미세하게 떨렸다. 뭔가를 말하고 싶은 듯 우물거렸다가 삼키기를 반복했다.

"뭐, 더 하실 말씀이 있으신가요?"

어떤 말은 입 밖으로 꺼내는 순간 실체가 된다.

"아. 저, 저기, 그러니깐 그, 그게… 뇌사판정회의가 내일 오전 10시였, 죠?"

"네. 맞습니다. 그럼 내일 병원에서 뵙겠습니다."

상혁이 복도 끝으로 사라지고 난 뒤에도, 안드레아는 한참이나 그 자리에 굳은 듯 서 있었다.

안드레아는 복도를 지나 미카엘 신부의 병실로 향했다. 미카엘 신부는 평온하게 두 눈을 감고 잠들어 있었다. 안드레아는 보호자용 의자에 앉으며 미카엘 신부의 손등에 조심스레 입을 맞췄다.

"모든 것은 주님의 뜻대로 하소서… 아멘."

신부는 고해자의 죄를 세상 밖으로 전할 수 없다. 어찌 됐든 이 모든 것은 하느님의 뜻대로 흘러갈 것이다.

02-14 PM 12:40

상혁이 옥외 주차장으로 걸어 나오자, 차에 기대서 담배를 피우고 있던 박병도가 얼른 담배를 바닥에 던지고는 구둣발로 비벼 껐다. 상혁은 그대로 박병도의 코 앞까지 걸어와 그의 뺨을 세차게 내리쳤다. "윽!" 하는 비명이 채 멎기도 전에, 상혁의 매서운 주먹이 두 번, 세 번 연달아 박병도의 얼굴을 강타했다. 박병도의 입술이 터지며 핏방울이 튀었다.

"너 뭐 하는 새끼야!" 차상혁이 서슬 퍼런 눈으로 박병도의 멱살을 움켜쥐었다. "누구 앞길을 망치려고! 네까짓 게! 감히 나한테! 감히 나, 차상혁에게!"

"살려 주십쇼!" 박병도는 곧바로 상혁 앞에 무릎을 꿇었다. 지나가던 사람들이 이쪽을 힐끔거렸지만 개의치 않았다. 죽느냐 사느냐의 기로에서 사람들의 시선을 의식할 교양 따위 없었다. 그 어떤 위기 앞에서도 감정을 드러낸 적 없던 상혁이 이처럼 폭발하는 모습을 보는 건, 박병도에게 엄청난 공포였다.

"그깟 회개 한 번으로 바닥까지 내리친 쓰레기 삼류 인생을 구원받을 수 있을 줄 알았나? 이제 보니 순진한 사람이네, 박 이사."

"모태 신앙이에요. 이래 봬도 신을 믿는다구요." 박병도가 코를 훌쩍이며 말했다.

상혁은 기가 차단 듯 허, 실소하고는 셔츠 단추를 두어 개 풀어 내렸다.

어젯밤, 상혁은 오기태의 병실에서 나오면서 박병도에게 재차 연락을 시도했다. 하지만 전화기가 꺼져 있다는 응답만 들려올 뿐이었다. 아무래도 장승수가 신경 쓰였던 상혁은 지금 그 어느 때보다 박병도의 도움이 꼭 필요했고, 그가 스스로 마음을 돌리기만을 마냥 손 놓고 기다릴 여유가 없었다. 그래서 새벽이 밝자마자 무작정 박병도의 집으로 차를 몰아 갔다.

얼마 지나지 않아 박병도가 가벼운 조깅복 차림으로 차키를 들고 집 밖으로 총총 걸어 나왔다. 이내 차 시동을 거는 박병도의 얼굴이 확실히 평소와 달랐다. 느낌이 서늘했다. 그렇게 박병도의 뒤를 밟은 상혁이 다다른 곳은, 안드레아 신부가 있는 한남동 성당이었다.

상혁은 멀찍이서 박병도가 고해소 안으로 들어가는 모습을 확인했다. 그제야 아주 오래전 어느 술자리에서, 박병도의 집안이 독실한 천주교 신자라는 얘길 들은 것이 언뜻 기억났다. 괘씸하고 분했다. 이제 하다 하다 별 버러지 같은 놈이 날뛰며 상혁의 계획을 뒤틀고 있다. 십여 분 뒤, 고해를 마친 박병도가 한층 홀가분해진 표정으로 성당을 걸어 나왔다. 마음 같아선 오기태에게 했듯, 박병도를 차로 밀어 버리고 싶었지만 지금은 그를 살려 두는 것이 상혁에게 이로웠다.

"박 이사, 이제 나한테 고해 성사할 차례네?"

차상혁을 발견한 순간, 박병도는 대악마 루시퍼라도 본 듯 경기를 일으켰다. 그대로 놈의 뒷덜미를 잡아끌어 강남 재평병원으로 데려왔고 여러 일들을 해치우게 했다. 그렇게 된 것이었다.

"안드레아 신부는 나한테 아무것도 묻지 않더군."

"…하. 주님."

"우린 이제 공범인 거야."

박병도가 땅바닥에 머리를 처박고는 아이처럼 엉엉 울기 시작했다. 납작 엎드린 그 모습에 상혁의 화가 조금 풀렸다.

"이제부터 박 이사를 살려 주는 건 나야. 저 위에 계신 하느님이 아니라."

차상혁은 진이 빠져 박병도의 옆으로 털썩 주저앉았다. 두 사람의 머리 위로 옅은 진눈깨비가 재처럼 날리기 시작했다.

# 9장
ㅤ## 운명

9

02-14 AM 08:22

장승수는 평소 친분이 깊은 경찰 출입 기자로부터 고급 정보를 입수했다. 번호판을 식별할 순 없지만, 오기태의 집 근처에 있는 편의점 CCTV에 신형 벤츠 지바겐 차량 하나가 찍혔다는 것이었다. 수사팀 경찰 중 하나가 차상혁의 차도 지바겐이라며 조사 필요성을 제기했지만, 관련 없는 사람에 대한 표적 수사라는 이유로 묵살됐다. 그래도 가능성을 열어 두고 계속 주변 CCTV 영상을 확보해서 살펴보고 있다고 했다.

신형 벤츠 지바겐 G63. 서울 시내를 달리는 신형 지바겐은 몇 대나 될까? 사고가 벌어진 시간대에 그 지점을 달렸을 지바겐은 몇 대나 될까? 하필 그 시각에 차상혁이 지바겐을 타고 지나갈 확률은? 의심의 과녁이 점점 중앙에 가까워졌고, 그 지점에 차상혁이 있었다.

사실 장승수는 차상혁을 원래도 그리 좋아하지 않았다. "형님은 차 교수가 진정한 후계자가 될 거라고 확신하세요?" 오기태에게 이렇게 물은 적도 있었다.

"세상에 확신할 수 있는 일이 있겠나. 물론 나도 그 녀석의 지나친 성공욕이 좀 거북해. 온전히 의사로서의 성공을 욕망한다면 모르겠는데, 세속적인 욕망도 강해 보이거든. 하지만 차 교수는 결국 의사가 될 거야. 그것도 아주 좋은 의사가 될 거라고 봐. 왜냐하면 제 손으로 죽어가는 생명을 살려 낸 긍지와 보람은, 다른 어떤 가치로도 대체할 수가 없거든. 언젠간 사익보다 사명이 앞서게 될 거야." 오기태의 대답이었다.

하지만 차상혁은 아직 오기태가 말한 '좋은 의사'의 단계에 돌입하지 못한 상태다. 최근의 행적을 보아선 사익보다 사명이 앞설 거라고 결코 생각할 수 없다.

장승수는 휴게실 자판기에서 에너지 드링크를 뽑으며 오영빈에게 전화를 걸었다.

"잘 들어. 아무리 내 덩치가 산만 해도, 형님의 몸을 붙들고 7일씩이나 버틸 순 없어. 법적으로도, 의학적으로도, 비의료인인 내가 뇌사판정회의를 그렇게 오래 미루는 건 말이 안 돼. 정당한 사유 없이 시간을 끌면, 오히려 병원 쪽에서 윤리위 소집해서 날 잘라 버릴 수도 있어."

장승수의 말에 동의하는 듯, 오영빈은 수화기 너머로 아무 말이 없었다.

"근데 말이지. 정식 수사 사유가 생기면 얘기가 달라져. 고의에 의한 타살 의혹이 있을 경우, 검찰과 경찰은 수사와 증거 보전을 위해 장기 적출을 강력히 보류 요청하게 돼. 피해자의 신체 상태가 직접적인 증거가 되니까. 무슨 말인지 알겠어?"

"하지만 고의에 의한 타살 의혹이 명확해져야 하는 거잖아요?" 오영빈은 조금 들뜬 투로 말했다. 이제야 장승수가 전화를 걸어 온 이유를 깨달은 눈치였다. "뭔가 알아내신 거죠?"

"차상혁 교수가 수상해."

"차상혁 교수요? 아버지 수제자, 그 사람 말이에요?"

"정황상 그래. 그치만 섣불리 경찰에 신고했다간 역풍을 맞을 수도 있어. 명진의료원 이사장이 뒤에서 버티고 있으니까. 그래서 내가 급한 대로 몇 가지 확인을 할까 해."

오영빈은 화를 주체하지 못하고 마구 욕설을 뱉어 냈다. 아버지가 생전 그 사람을 얼마나 아꼈는데, 은혜도 모르는 배은망덕한 개새끼라고 소리쳐 댔다. **이모저모 풍파가 심한 시기겠지만, 오영빈 너도 차상혁과 도긴개긴이란 생각이 절로 들었다.**

장승수는 미운 마음을 털고 어르듯 말했다. "온누리를 이기느니, 손실금을 채워넣느니, 이런 건 나중 문제야. 형님의 죽음의 진실을 밝혀야 하는 게 남은 우리들의 사명 아니겠냐?"

"정말 차상혁 교수가, 확실해요?" 오영빈이 떨리는 목소리로 말했다.

"확인해 봐야지. 최대한 빨리." 장승수는 에너지 드링크 한 캔을 단숨에 들이켰다.

이제부턴 시간 싸움이었다. 장승수는 곧장 SNS 익명 계정으로 인터넷 게시판에 글을 올렸다. 교통사고 관련 피해자들이 모인 최대 인터넷 커뮤니티였다.

장승수가 올린 글은, 오기태가 당한 뺑소니 사고 목격담이었다. 익명의 목격자는 먼저 배달 플랫폼 소속 라이더로 자신의 직업을 소개했다. 그는 초밥을 배달하고 인근 건물로 족발 세트 메뉴를 배달하기 위해 가던 중 문제의 사고를 목격했다고 했다. 신형 벤츠 지바겐이 에쿠스로 보이는 차량을 들이받는 장면이었다. 목격자는 처음에 급발진에 의한 사고라고 판단했다. 지바겐에서 내린 운전자가 에쿠스 운전석 쪽으로 가는 것까지 확인하고, 배달 장소로 향했다. 운전자가 적절한 사고 처리를 할 것처럼 보였기 때문이었다.

그런데 족발 배달을 마치고 나오는데 지바겐이 그대로 달아나는 걸 목격했다. 목격자는 본능적으로 지바겐의 뒤를 쫓아갔다. 때마침 강해진 눈발 때문에 도로가 미끄러운 나머지 번호판을 알아볼 수 있을 만큼 지바겐에 접근하지는 못했다. 지바겐이 모습을 감춘 곳은 바로 명진의료원 지하 주차장이었다. 다음 날 아침

배달원 사이에 떠도는 소문을 들어 보니, 사고를 당한 사람은 명진의료원 부원장 겸 신경외과 과장 오기태였고, 뇌사 상태라는 걸 확인했다.

정련된 법의 언어를 최대한 자제하고, 순간적인 의식의 흐름으로 대충 쳐 올린 글의 수준은 엉성하고 조잡했다. 어그로나 끌어 보려는 관심 종자의 글처럼 읽힐 것이다. 실제로 비슷한 댓글이 달리기도 했다. 하지만 파장은 엄청났다. 명진의료원이라는 거대 병원에 대한 관심과 반발심, '인술을 행하는 명의'로 알려진 오기태의 죽음에 대한 비극성이 커뮤니티 회원들의 즉발적 흥미를 유도했을 것이다.

장승수는 지바겐 운전자가 차상혁일 거라는 암시는 하지 않았다. 그저 차상혁에게 심리적 압박을 가해서, 이후 행동을 유발하려는 의도였다. 당장 뇌사판정회의가 얼마 남지 않았기 때문에, 무리수를 둬야만 했다. 차상혁이 어떤 식으로 대응할지 궁금했다.

경찰 수사의 방향도 명진의료원 내부의 이해관계에서 비롯된 사건의 가능성에 혐의점을 두기 시작했다. 경찰은 익명의 목격자를 찾는 데 집중하기 시작했다. 사건은 이제 교통사고 전담팀과 강력팀의 공조 수사로 확대되었다. 두 명의 강력1팀 경찰이 병원을 찾아와 오기태의 상황을 살폈고, 뇌사 판정을 며칠 늦출 수는 없냐고 질문하기도 했다. 이때 차상혁과 신종수는 수술실에서 마라톤 수술을 이어가던 중이라 다른 전공의가 경찰에게 상황을 설명했다.

병원에서도 그대로 두고 볼 수만은 없는 입장이었다. 감사팀은 즉각 주차장의 차량 입·출입 기록을 입수해 검토했다. 인터넷 글의 허위성이 금방 드러났다. 사고가 일어났던 시간대에 병원에서 나갔던 지바겐 차량이 다시 주차장으로 돌아온 기록은 없었다.

그렇다 해도 차상혁이 범인이라면 충분히 심리적 타격을 입을 만한 사안이었다. 하지만 그는 너무나 조용했다. 이제부턴 장승수 본인이 초조해지기 시작했다. 한주희의 꾐에 넘어가, 완전히 헛다리를 짚은 것일지도 모른다. 하지만 기든 아니든 확인하기 전까지 멈출 수는 없었다. 장승수는 차량 전문가를 대동해서 수리센터에 있다는 차상혁의 차량을 샅샅이 살펴보고 싶었다.

그런데 오후 무렵, 엉뚱한 일이 벌어졌다. 자기가 인터넷 게시판에 글을 올린 익명의 목격자라며 경찰에 자수했다는 것이었다. '그럼 그렇지.' 장승수는 차상혁이 움직이기 시작했음을 직감했다. 아드레날린이 치솟기 시작했다.

장승수는 거짓 자백을 한 대리자를 만나 보기 위해 경찰서로 향했다.

02-14 PM 05:44

20대 초반으로 보이는 조카뻘의 청년이었다. 녀석이 마침 조사를 마치고 경찰서 밖으로 나오고 있었다. 회원들 관심을 끌어보려고 허위로 올린 글이었다고 주장했을 테고, 허탈한 경찰은 적당한 선에서 훈방 조치했을 것이다.

"잠깐 얘기 좀 할까?" 장승수가 청년의 손목을 잡고 말했다.

위기감을 느낀 청년이 손을 뿌리치며 달아나려 했다. 장승수가 그 앞을 막아섰다.

"다 알고 왔어. 나한테 솔직히 털어놓지 않으면 문제가 아주 아주 심각해질 거야." 장승수가 명함을 건네며 말했다. "거기 보이지? 엄청 큰 로펌의 대표 변호사라고, 내가."

청년이 고개를 푹 숙였다. 장승수는 청년을 경찰서 인근 카페로 데려갔다.

"너 지금 거짓으로 자백한 거 다 알아. 라이더는 무슨. 오토바이 운전할 줄이나 알아? 딱 봐도 넌 그런 타입 하곤 거리가 먼데. 한눈에 봐도 졸라게 성실하고 착한 범생이 타입인데. 아냐?"

"잠깐만요." 청년이 휴대폰을 꺼내더니 화면을 몇 번 터치했다. 앱을 켜고 메시지를 확인하는 것 같았다. 그러더니 뒷면을 앞으로 한 채 셔츠 앞주머니에 휴대폰을 꽂아 넣었다.

"저 모범생 아닌데요? 휴학생입니다. 등록금 때문에 배민 알바하고 있는 것도 맞아요." 청년이 부루퉁한 목소리로 말했다.

"뭐, 그렇다 치고. 근데 어쩌냐? 니가 게시판에 썼다는 그 조잡한 소설의 작가가 바로 나거든."

장승수가 게시판 글을 읊조리며 청년의 눈을 뚫어져라 쳐다봤다. 그가 말했다. "이 친구야, 어쩌자고 이런 일에 휘말린 거야? 진짜 위험한 범죄 사건이기라도 하면 어떡하려고."

청년이 입을 열었다. "아저씨 진짜 변호사 맞아요? 변호사가 왜 이딴 짓을 해요?"

청년이 반항적인 눈길로 장승수를 흘겨봤다.

"난 진짜 그 뺑소니 지바겐 운전자가 누군지 알아내야 하거든. 꼭 알아내야 할 이유가 있어. 피해자 형님한테 내가 마음의 빚이 있어서. 그분 장례식이 치러지기 전에 꼭 범인을 찾아 한을 풀어드리고 싶어서 그래."

청년의 태도가 조금 누그러졌다. 장승수의 말에 차츰 귀를 기울이기 시작했다.

"니가 그 뺑소니 사고 가해자라고 생각해 봐. 완전범죄라고 생각했는데, 그런 글이 인터넷에 퍼지기 시작했어. 경찰도 새로운 시각으로 사건을 바라보기 시작했지. 만약 니가 범인이라면 어떤 식으로 대응할까?"

"제가 그걸 어떻게 알아요?"

"누군가에게 거짓 자백을 사주하겠지. 그게 제일 간편하니깐."

"거짓 자백이요?"

"지금 그자가 너한테 했듯이."

청년이 겁먹은 얼굴로 곰곰이 뭔가 생각하는 표정이었다.

"무슨 소린지 통 모르겠는데요."

"그래? 지금 아는 게 나중에 아는 것보다 죄가 경감될 텐데?"

"알바가 있어서요. 그만 가보겠습니다."

"잠깐. 너 그러다 잘못하면 골로 가. 그 자가 누군지 나도 대충 알고 있거든. 그놈 진짜 무서운 놈이야. 졸라게 세련된 악마 타입이지. 명진의료원 신경외과 차상혁 교수, 맞지?" 장승수가 은근히 협박하다가 몰아치듯 물었다.

"아닌데요? 다른 사람이었어요." 청년이 말했다. 어쩐지 좀 안심이 되는 듯한 표정이었다.

"흐응, 대리인을 내세웠겠지. 원래 힘 있는 놈들이 그렇거든. 자긴 뒤에 숨어있고 더럽고 추잡한 일은 하수인에게 시키지. 일이 잘못됐을 때 법망에서 빠져나가는 전형적인 수법이야. 이 정도야 학생도 잘 알겠지만."

"암튼 제가 만난 사람은, 그 교수님은 아니었어요."

청년의 얼굴에 다시금 불안의 그림자가 어른거렸다.

"어떻게 생겼어? 뭐든 말해봐. 남자야? 여자야?"

"제가 다 털어놓으면 어떻게 되는데요? 이미 돈을 받았어요. 저 그 돈 필요합니다." 청년이 울먹이는 목소리로 말했다.

장승수는 진심으로 청년이 측은했다. 차상혁 그 야비한 놈이 가련한 청년을 상대로 무슨 술수를 부렸는지 대강 짐작할 수 있었다. 결국 돈이었다.

"이런 개자식…." 장승수가 탄식하듯 말했다. "이렇게 하면 어떨까. 나한테 사실대로 털어놓으면 학생이 받은 돈의 두 배를 보상하지. 학생한테 법적으로 문제가 생기면 내가 무료 변호를 해 주는 조건도 추가. 나 이 바닥에서 꽤 유명한 변호사야. 수임료도 엄청 비싸다고."

"후우. 씨발." 갑자기 청년이 격한 감정을 표출하기 시작했다. "진짜 다들 나한테 왜 이러는 건데요?" 청년이 휴대폰을 꺼내 뒷면 카메라 렌즈에 얼굴을 들이대며 말했다. "안그래도 살기 힘들어 죽겠는데! 더 이상 못하겠습니다. 이제 두 분이 알아서 하세요. 다들 가만있는 나한테 왜, 왜…!"

장승수는 둔중한 물체로 가격을 당한 것처럼 머릿속이 멍해지고 말았다. 청년은 누군가와 영상 통화 중이었고, 장승수와 나눈 대화 내용은 고스란히 누군가에게 생중계되고 있었던 것이다.

청년의 몸이 후들후들 떨리고 있었다. 급기야 휴대폰을 떨어뜨리기까지 했다. 청년은 두려워하고 있었다. 순간적인 연민의 감정이 장승수의 가슴 가득 차오르고 있었다. 청년은 두 손으로 얼굴을 감싸고 어깨를 들썩이며 훌쩍이다가 엉엉 울어 버렸다. 처절하도록 서러운 울음이 카페를 울렸다. 카페 안에 있던 모든 이의 시선이 이쪽으로 쏠렸다.

장승수가 청년에게 휴대폰을 건네주며 달랬다. "알았어, 알았으니까 그만해, 이 친구야." 장승수가 청년의 어깨를 다독이며 말했다. "미안하게 됐네. 그만 가 봐. 악마는 내가 퇴치할 테니, 뒷일은 걱정 말고. 자넨 잘못 없어. 도움 필요하면 연락하고."

청년이 눈물을 훔치고 슬그머니 일어나 카페 밖으로 나갔다.

장승수의 어깨가 부들부들 떨리고 있었다. 분노가 치솟고 치가 떨렸다. 이 개자식을 절대 용서하지 않을 것이다. 흐트러진 마음을 다잡고 있을 때 휴대폰이 울렸다. 떨리는 손가락으로 통화 버튼을 눌렀다. 분노를 억누르고 차분한 목소리로 입을 열었다. "차상혁, 너야?"

"네. 접니다." 상혁이 무심한 투로 말했다.

"니가 지금 여기서 왜 나와? 어?"

"그럼, 끊을까요?" 승자의 여유만만한 태도였다. 장승수는 약이 바짝 올라, 와그작 소리가 날 만큼 어금니를 세게 깨물었다. 그러면서도 곧장 녹음 버튼을 누르는 직업의식을 놓지 않았다.

"너 지금 나랑 뭘 하자는 거야?"

"뭐든지요. 제 명예 회복과 오 교수님의 영면을 위해서, 저는 무슨 짓이든지 할 수 있습니다."

장승수는 상혁의 경고를 듣고 긴장감을 넘어 섬뜩함마저 느꼈다. 평소 알던 차상혁에서 한층 업그레이드된 느낌을 받았다.

"니가 형님을 일부러 차로 친 거지? 그렇지?" 장승수는 직구를

날렸다.

"네? 제가 왜요? 제가 무슨 이유로 오기태 교수님을 차로 치나요?" 차상혁이 피곤하단 듯, 나른하게 말했다.

"내가 그날 저녁에 형님한테 전해 들은 말이 있거든. 차 교수가 그 사건에 깊이 연루돼 있었지. 아, 형님이 핵심 증거도 보여주셨어. 하참. 까딱하다간 자네 인생 골로 가겠던데? 이 대단한 경력이 나가리 되는 것도 한순간이야." 장승수는 개의치 않고 연속 공격을 퍼부었다.

"그래요? 대체 무슨 사건이길래요?"

"그건 니가 더 잘 알고 있겠지."

"이건 뭐, 뒷골목 양아치도 아니고. 거짓과 협박이 일상인 사람이네."

순간 장승수의 얼굴이 확 달아올랐다. 그가 말했다. "방금 그 말 다시 한번 말해봐."

"뒷골목 양아치요. 그보다 나을 게 있습니까? 변호사라는 양반이, 건실한 청년가장을 협박하질 않나, 악의적인 유도신문을 하질 않나, 구린내 풀풀 나는 불법 거래를 하질 않나. 당신한테 사명감이란 게 있긴 합니까?"

장승수는 상혁의 빈정거림을 듣고 머리를 크게 얻어맞은 듯 멍해졌다.

"큰 건을 앞두신 걸로 아는데…. 더욱이 상대가 온누리잖아요?

지금 장 변호사님이 이러고 있는 걸 알면, 온누리 측에서 자기들 무시한다고 상당히 기분 나빠할 것 같은데요."

이쯤 되니 도대체 상혁이 어디서부터 어디까지 알고 있는지 감도 오지 않았다.

장승수는 새삼 차상혁이라는 인물의 위세에 압도당하는 자신을 자각했다. 동시에, 그가 오기태를 고의로 사망에 이르게 했다는 심정적 결론에 이르렀다. 그의 말들은 하나같이 정연하고 군더더기 없었지만, 익숙한 위화감을 안겨 주었다. 법망을 노련하게 피해 가는 엘리트들이 보이는 전형적인 태도였다.

"바쁘신 건 잘 알지만, 이번 뇌사판정회의 땐 꼭 참석해 주셨으면 합니다. 6명 전원 만장일치로 깔끔하게 처리해야, 오 교수님도 마음 편히 가시지 않겠어요?"

"그 전에 너부터 감옥엘 가야지. 내가 꼭 그리 만든다. 어?"

"그럼 그렇게 알고, 전 외래 일정 때문에 이만."

차상혁이 전화를 툭, 끊었다. 장승수는 씩씩대며 휴대폰을 탁자에 내던지듯 내려놓았다. 술수와 술책의 대결에서 자기는 차상혁의 상대가 안 된다는 걸 절감했다. 놈의 덫에 걸려든 줄도 모르고 쾌재를 부르며 놀아났던 자신이 치욕스러웠다. 게다가 치명적인 약점까지 스스로 헌납한 꼴이 되고 말았다. 놈은 영상 통화 자료만으로도 장승수를 충분히 나락으로 떨어뜨릴 수 있을 터였다. 변호사라는 사가 거짓 글을 인터넷에 올리고, 범죄자와 거래까지

하려고 했다는 사실이 알려지면 장승수의 경력은 한순간에 끝장 날 수도 있었다.

무엇보다 온누리 로펌의 민정호 대표는 이 황금 같은 찬스를 절대로 놓치지 않을 사람이다. 차상혁의 작전은 거기까지 배정되어 있을 것이다.

이제 가람의 사운은 차상혁의 혀끝에 달려 있다. 역풍을 맞아도 제대로 맞고 말았다.

"어쩌다가 내가 이딴 사이코패스 새끼한테 멱살을 잡힌 거야. 아우, 쌍!"

오기태가 떠나고, 한주희나 차상혁 같은 자들과 엮이게 됐다는 게 불쾌하기 짝이 없었다. 주변에 좋은 사람들이 있으면 삶이 평화롭고 풍요로워진다. 반면 이기적인 성공을 위해 타인을 이용하는 데 아무런 거리낌이 없는 자들과 엮이면, 삶은 어느새 투전판처럼 변하고 만다. 장승수가 오기태와 교류하면서 얻은 삶의 교훈 같은 것이었다.

장승수는 내팽개쳐둔 휴대폰을 다시 집어 들었다. 착발신 기록에서 오영빈과의 통화 내역을 찾아낸 장승수는, 통화버튼을 누르려다가 잠시 멈칫하곤 스크롤을 더 아래로 내렸다.

그의 손이 멈춘 곳은 한주희와의 통화 내역이었다.

02-14 PM 07:33

"하마터면 들통날 뻔했어요. 다행입니다." 상혁이 휴대폰을 내리자, 옆에서 숨죽이고 앉아 있던 박병도가 말했다. 이곳은 삼성동에 위치한 박병도의 업무용 오피스텔이었다. 말이 업무용이지, 인근 병원 의사들이 주로 낮잠을 자거나 간단한 배달 음식과 반주를 곁들이는 사랑방 용도였다.

"설마 허튼짓하진 않겠지?"

"절대 그럴 리 없습니다. 장 대표가 평소 온누리한테 얼마나 빡이 쳐 있는데요. 알 사람은 다 안다구요."

상혁은 접객 소파에 털썩 주저앉으며 맨손 세수를 했다. 정말이지 간담이 서늘했던 한판 승부였다. 허술한 구석도 있었지만 장승수의 칼날은 신속 정확하게 상혁의 목을 겨냥했다. 시간적 제약이 없었다면 장승수는 더 예리한 묘수를 던졌을 것이고, 그 결과는 결코 상혁에게 이롭지 않았을 것이다.

우선 익명의 게시글을 누가 썼는지부터 알아야 했기에 20대 청년 하나를 대리로 내세웠다. 박병도가 타 병원 보호자 중 사정이 어려운 적임자를 찾아냈다. 그를 경찰서에 출두하게 해서 게시자가 스스로 모습을 드러내게 했다. 당초 한주희 쪽 소행일 거라고 예상했던 상혁은, 뜻밖의 인물 장승수가 나타나자 적잖이 당황했다. 장승수의 손에 들린 무기는 많아 보였고, 변호사인 그가 휘두르는 공격은 상혁에게 무엇보다 큰 위협이었다.

일단 청년에게 영상 통화를 지시해 최소한의 보험은 확보해 뒀다. 그러나 그 정도로 장승수가 상혁의 살해 혐의에 대해 조용히 입다물 리 없었다. 상혁이 박병도와 함께 온갖 계책을 강구하고 있던 바로 그 순간, 상혁에게 모르는 번호로 전화가 걸려 왔다. 때마침 장승수가 청년 가장을 데리고 카페로 들어서던 시점이었다.

"차상혁 씨? 일전에 뵌 적 있었는데…. 나 오기태 씨 아들 오영빈입니다."

며칠 새 아버지의 남은 재산을 은닉하려 했으나 여의치 않았던 오영빈은, 발등에 불이 떨어진 나머지 최후의 패를 꺼내 들었다. 바로 차상혁을 협박하기로 한 것이다.

오영빈이 차상혁에게 요구한 돈은, 차상혁의 살해 용의 건을 덮고 이를 알고 있는 장승수의 입을 막는 대가비였다.

"알겠습니다. 그런데, 그래도 됩니까?" 상혁이 건조하게 물었을 때 오영빈은 말했다. "산 사람은 살아야죠."

이로써 온 우주의 기운이 하나의 결말을 향해 모아졌다. 차상혁은 살아남게 되었고, 오기태는 죽음으로 향하게 되었다.

"하나뿐인 핏줄은 지 아버지가 살든 말든, 지부터 살겠다고 혈안이고. 절친했던 친구는 그런 놈이랑 손잡고 이 짓거리나 하고 있고… 암튼 믿을 인간 하나 없다구요." 박병도가 영상 통화 녹화

본을 노트북으로 백업하면서 혀를 끌끌 찼다.

"수백 명의 머리를 열어 봤지만, 인간의 마음은 참 알 수가 없군요."

공범은 총 다섯 명이 됐다. 박병도, 한주희, 장승수, 안드레아, 마지막으로 아들 오영빈.

"아이고야… 이제 다들 교수님 손바닥 안이네요."

무슨 말인가 싶던 차에, 박병도가 검지로 책상 쪽을 가리켰다. 이내 책상 위에 놓인 세컨드폰으로 메시지 알림음이 울렸다. 이 세컨드폰은 박병도가 마련해 준 것이었다. 박병도 역시 본인 명의의 휴대폰 한 대와 두 대의 대포폰을 사용하고 있었다.

메시지에는 지금 막 촬영된 날짜명 영상이 첨부되어 있었다. 한주희의 미행을 담당하는 자가 몰래 촬영해서 전송한 것이었다. 박병도는 언제든 부릴 수 있는 어둠의 조력자가 몇 명 있었다. 참으로 아슬아슬한 삶의 방식이었다.

상혁은 흥미로운 얼굴로 영상 파일을 열었다. 서너 개 테이블 뒤쪽에, 두 남녀의 실루엣이 어렴풋이 보였다. 한마디만 듣고도 누군지 단박에 알아챘다.

먼저, 남자가 전전긍긍하며 불안 섞인 하소연을 늘어놓았다. 바로 장승수였다.

"한 교수, 이제 와서 모른 척하면 어떡하나? 바른 말로 당신이 내 등 떠밀어서 이 사달 난 거 아니야? 가만있던 사람 괜히 조급하게 해서 무리수 두게 만든 거, 그거 다 당신 작전 아니었냐고?"

"어머, 내가 뭘 잘못했다구 장 대표님을 도와야 해요? 난 그냥 안민혜 비서한테 전해 들은 썰만 푼 것 뿐인데?"

"우리 둘이 언제부터 하하호호 썰 풀 사이야? 그리고 뭐, 썰? 웃기지 좀 마. 식당에다 불러서는 '부원장님 돌아가시기 전에 여기서 차 교수랑 마지막으로 만났대요….' 그러면 당연히 차상혁이 형님 죽인 진범이란 소리지!" 장승수는 머리 꼭대기까지 화가 올라서 씩씩댔다.

"설마 차상혁한테 가서, 나한테 그 얘기 들었다 그랬어요? 아니죠? 안 돼. 그러면 절대 안 돼?" 한주희가 정색하면서 팔짱을 꼈다.

"왜? 만약 그랬으면 어쩔 건데? 아아. 혹시 한 교수 당신, 차상혁이한테 뭐 받아먹은 거 있어? 그래서 입 싹 닦고 내 등만 떠민 거야?"

"왜 갑자기 머리가 그리로 돌아가? 설마 장 대표님이야말로 멱살 잡힌 거 있어요? 그래서 그 앞에선 찍소리도 못하고, 여기 와서 애먼 발길질 해대는 거야? 마초인 척은 혼자 다하더니 이거 완전 하남자였네?"

"놀고들 있네." 상혁이 어이없이 뇌까렸다. 상혁의 예상대로 한주희는 상혁과 헤어진 뒤, 곧장 장승수를 찾아간 것이었다. 역시나 한 방 세게 얻어맞았다고 잠자코 집에 돌아가서 발 닦고 잠들

위인이 아니었다.

"어떻게 할까요?" 박병도가 말했다.

"쌍으로 날려 버려야죠."

상혁은 방금 전달받은 영상 파일을 망설임 없이 장승수와 한주희의 휴대폰으로 동시 전송했다. 두 대의 미사일이 〈장승수+한주희〉가 구축한 진지를 향해 날아갔다. 웅장한 폭발음이 들리는 듯했다. 상혁의 입에서 허탈한 실소가 터져 나왔다.

교수연구실의 벽시계는 어느덧 저녁 8시를 가리키고 있었다.

"앞으로 14시간 후면 모든 게 결판나겠네요. 축하드립니다." 박병도가 말을 이으려다 말고 입을 다물었다.

고개를 떨군 채 두 손으로 책상을 짚고 선 상혁의 팔이 후들후들 떨리고 있었다.

10장 뇌사 판정

10

02-15 AM 09:38

오기태의 뇌사판정회의를 약 20분 앞둔 시각, 차상혁은 오전 회진의 마지막 구역을 도는 중이었다. 중환자실 가장 안쪽 병상에는 4일 전 상혁에게 수술받은 조영자 환자가 누워 있었다. 그녀는 놀랄 만큼 빠른 회복세를 보이며 바로 조금 전 아침, 집중치료실에서 중환자실로 전실되었다.

"다른 병원에서는 다 거절했었어요. 수술 성공률이 4%도 안 된다고… 근데 교수님 덕분에 이렇게 팔팔하게 살아났어요. 환갑이 넘어서 새 생명을 얻었어요, 제가."

조영자는 각질이 허옇게 들뜬 입술을 힘겹게 달싹이며 말했다.

신종수가 신난 기색으로 말을 이어받았다. "완전요. 완전 어려운 수술이었어요. 저희 교수님 아니었으면, 쉽지 않았을 거예요."

"조영자님 지금 같은 회복 속도라면, 다음 주 중엔 일반 병실로 가실 수 있겠어요." 담당 간호사도 덩달아 들뜬 투로 말했다.

"이 은혜, 평생 잊지 않겠습니다. 감사합니다, 교수님. 감사합니다." 조영자는 눈물을 글썽이며 거듭 감사의 마음을 전했다. 상혁은 가볍게 고개를 끄덕이며 미소로 답했다.

회진 일정을 마치고 복도를 걸어 나오면서, 신종수가 상혁에게 무거운 기색으로 말을 붙였다. "이제 회의 들어가시는 거죠?"

"무슨 일 생기면 콜해." 상혁은 신종수의 어깨를 두어 번 툭툭 치고는 발걸음을 옮겼다.

"저기! 잠시만요, 교수님!!"

등 뒤에서 다급히 부르는 소리가 들려왔다. 상혁과 신종수가 뒤를 돌아보니 조영자의 장녀인 30대 후반의 여자가 헉헉 거친 숨을 내쉬며 그들의 앞에 섰다. 상혁이 무슨 일이냐는 듯 그녀를 바라보자, 조잡한 무늬의 청록색 단지 하나를 슬그머니 상혁 앞으로 내밀었다.

"직접 담근 도라지청이에요. 겨울이니까 감기 조심하시라구요." 그녀의 뺨이 발갛게 달아올랐다.

신종수가 힐끗 상혁의 눈치를 보더니, 대신 받아 두려는 듯 손을 뻗었다. 그때 상혁이 한발 먼저 단지를 받아들었다.

"저희 엄마 살려 주셔서 정말 감사합니다, 교수님. 생명의 은인이세요. 평생 잊지 않겠습니다."

"잘 먹겠습니다." 상혁은 부드럽게 눈인사를 하고 돌아섰다. 신종수가 눈가를 붉힌 채 그의 뒤를 따랐다. 그들이 복도 끝으로 사라질 때까지 허리를 숙이고 있는 기척이 느껴졌다.

이제 그는 죽음을 선고하러 간다.

방금 전 한 사람을 삶으로 건져 올린 손이었다. 그 손이 이제는 다른 한 사람을 죽음으로 밀어넣으려 한다. 맥박은 불규칙하게 뛰었고, 온몸의 신경이 뜨겁게 부풀어 터질 듯 요동쳤다. 살아남을 자와 사라질 자를 가르는 경계 위, 상혁은 바야흐로 신의 의자에 앉아 있었다. 구원과 파멸이 한 몸에 깃든, 광기 서린 황홀한 빛이 차상혁의 두 눈동자 속에서 희번덕 빛났다.

오기태가 그토록 두려워했던 괴물의 완성이 이제, 곧, 임박해 있었다.

02-15 AM 10:00

뇌사판정 본회의가 열리게 될 컨퍼런스룸엔, 차상혁을 제외한 5명의 위원들이 모두 도착해 있었다.

상석에 자리한 심정섭의 휴대폰 알림앱이 10시 정각을 알렸다. 심정섭은 착잡한 얼굴로 알림을 해제하며 고개를 들었다. "차상혁 교수가 아식이네요?"

"워낙에 공사다망한 분이잖아요?" 한주희가 쓴웃음을 지으며 회의 데스크에 준비된 필터 커피를 한 모금 마셨다.

"여기 안 공사다망한 사람이 있나… 저희끼리 바로 진행하시죠?" 장승수가 부루퉁하게 말했다.

"조금 더 기다려 보죠. 중대한 논의인데, 중요한 인물이 빠지면 안 되지." 심정섭이 말했다.

한주희는 대꾸 없이 안드레아에게 시선을 돌렸다.

"미카엘 신부님은 차도 좀 있으세요? 이식은 소식 없어요?"

"고, 곧… 받을 수 있을 것 가, 같아요." 안드레아가 눈썹을 살짝 치켜뜨더니, 어깨를 움츠리며 말했다.

"어머, 그거 정말 다행이네요." 한주희가 순수하게 감탄했다.

"심장 기증은 받기 힘들다던데. 다행히 기증자가 있었나 보네요?" 장승수가 반색하며 말했지만 안드레아는 대답하지 않았다.

짧은 침묵이 흘렀고 모두 눈치껏 더는 말을 잇지 않았다.

"장승수 변호사님은 지난번 연락드렸을 때, 바빠서 불참할 것 같다더니. 다행히 오늘 어떻게 시간이 되셨나 보네요?" 심정섭이 가볍게 말을 건넸다.

"마침 일정이 조율돼서…" 장승수가 불편한 기색으로 상체를 확 뒤로 젖혔다. "…부원장님과는 워낙 각별한 사이기도 했고요."

한주희는 찻잔을 내려놓으며 흥, 코웃음을 쳤다. 장승수는 몇 번 크게 심호흡을 하더니, 별안간 생수병을 들어 벌컥벌컥 마셨다.

 서로만이 알아들을 수 있는 말들이 맥락 없이 오가는 동안, 이하얀은 무덤덤히 뇌파 기록지를 응시했다. 책상 아래로 뼈가 하얗게 드러날 만큼 두 주먹을 꽉 움켜쥔 채였다. 마지막 순간만큼은 흔들림 없이 이성적인 판단을 내리려는 결의가 엿보였다.

 그때 컨퍼런스룸의 문이 열리고 상혁이 들어섰다. 상혁은 왼팔에 안고 있던 도라지청 단지를 옆자리에 내려놓고 자리에 앉았다.

 "그 단지는 뭐예요? 벌써 유골함까지 준비해 오신 거예요?" 한주희가 뼈 있는 농담을 던졌다가, 싸늘해진 분위기를 느끼곤 금세 입을 다물었다.

 "뇌사판정위원회 위원 전원이 참석했습니다. 그럼, 이제 본회의를 시작하죠." 심정섭의 말과 함께 곧장 회의가 시작되었다.

 임시 소집 때와는 달리, 본회의는 불필요한 언쟁 없이 신속하게 진행되었다. 환자의 뇌사 여부를 확정 짓기 위한 최종 검증에 들어갔다. 이미 시행한 1, 2차 검사 결과를 바탕으로, 의식반응 부재, 자발호흡 유무, 뇌간반사 소실 등 핵심 소견이 다시금 검토되었다. 소견서 확인과 추가 질의 역시 신속하게 이어졌고, 도현국과 이인환 등 담당 의료진의 최종 브리핑까지 모두 마무리되었다.

 이제 남은 것은 단 하나, 정식 투표였다.

"그럼, 이제 최종 판정에 대한 투표를 진행하도록 하겠습니다." 장내에 긴장감이 감돌았다. 그때, 상혁이 가볍게 손을 들었다.

"투표에 앞서, 짧게 말씀드릴 게 있습니다." 모두의 탐탁지 않는 시선이 그에게로 향했다. 상혁은 그런 시선들에 아랑곳없이 당당히 어깨를 폈다.

"며칠 전, 부원장님의 장기 기증 등록 서류를 열람하게 됐습니다. 거기에 이런 시 한 편이 적혀 있더군요. 로버트 테스트의 〈나는 영원히 살 것입니다〉라는 시입니다." 상혁은 작게 숨을 뱉고 말을 이었다. "이 시를 보고, 부원장님께서 이 결정에 어떤 마음으로 임하셨는지, 짐작할 수 있었습니다. 짧은 시입니다. 잠시 시간을 내어, 함께 들어주셨으면 합니다."

상혁이 심정섭 위원장을 바라보았다. 심정섭이 고개를 끄덕였다.

상혁이 낭송하기 시작했다.

나는 영원히 살 것입니다

언젠가 나의 주치의가
나의 뇌 기능이 정지했다고 판정을 내릴 때가 올 것입니다.
내가 아직 살아 있을 때,
나의 목적과 의욕이 정지했다고 선언할 때가 올 것입니다.

그때 나의 침상을 죽은 자의 것으로 만들지 말고
산 자의 것으로 만들어 주십시오.
나의 몸을 살아 있는 형제들을 돕기 위한 생명으로 만들어 주십시오.

나의 눈은 해질 때의 노을과 천진난만한 아이들의 얼굴과
여인의 눈동자 안에 감추어진 사랑을
한 번도 본 일이 없는 사람들에게 주십시오.
 나의 심장은 끊임없는 고통으로 신음하는 사람들에게 주십시오.
나의 피는 자동차 사고로 죽음을 기다리는 청년에게 주어
그가 먼 훗날에 손자들의 재롱을 볼 수 있게 하여 주십시오.
나의 신장은 한 주일 혈액투석기에 매달려
삶을 영위하는 형제에게 주시고
나의 뼈와 근육의 섬유와 신경은
다리를 저는 아이에게 주어 씩씩하게 걷게 하여 주십시오.
나의 뇌세포를 도려내어 말 못하는 소년이 함성을 지르게 하고,
 듣지 못하는 소녀가 창문에 부딪히는 빗방울 소리를 듣게 하여 주십시오.
 그 외, 나머지는 다 태워서 재로 만들어 들꽃들이 무성하게 자라노록

바람결에 뿌려 주십시오.

 만약, 무엇인가를 매장해야 한다면 나의 실수들을, 나의 약점을,
 형제들에 대한 나의 편견들을 매장하여 주십시오.
 나의 죄악은 악마에게, 나의 영혼은 하나님께 돌려보내 주십시오.
 우연한 기회에 나를 기억하고 싶다면
 당신들이 필요할 때 했던 나의 친절한 행동과 말만을 기억해 주십시오.

 내가 부탁했던 이 모든 것들을 지켜 준다면
 나는 영원히 살게 될 것입니다.

 "참고로 저도 어제, 오 교수님 뜻을 받드는 의미로 장기 기증 서약을 했습니다. 저도 곧 이런 등록증을 받게 되겠죠." 낭송문을 내리며 상혁이 다른 위원들의 얼굴을 차례로 바라보았다. 그리고 다시 입을 열었다. "이제 오 교수님을 영면으로 보내드려야 할 시간이군요. 저 차상혁은, 오기태 환자의 뇌사 판정에 동의합니다."
 숙연한 분위기가 흘렀다. 한동안 아무도 아무 말도 하지 않았다.

"제가 먼저 하죠." 심정섭 원장이 손을 들어 올리며 말했다. "저 심정섭은, 오기태 환자에 대한 뇌사 판정에 동의합니다. 자, 이어서 차례로 본인 의견 밝혀주세요."

한주희가 손을 들고 말했다. "저 한주희는, 뇌사 판정에 동의합니다."

장승수가 뒤를 이었다. "저 장승수도, 동의합니다."

안드레아 신부가 말했다. "저 안드레아 류희민도, 동의합니다."

끝으로 이하얀이 말했다. "저 이하얀도, 동의합니다."

"만장일치네요. 다들 수고하셨습니다." 심정섭이 말했다.

마침내, 상혁이 사망 선고를 내렸다.

"20XX년 2월 15일 오전 10시 13분, 환자 오기태 님 사망하셨습니다."

심정섭이 최종적으로 상혁의 선고 내용을 확인하는 마지막 발언을 했다.

"위원장 심정섭, 차상혁, 한주희, 장승수, 안드레아 류희민, 이하얀, 이하 6명의 뇌사판정위원회 위원들의 만장일치로 오기태 환자의 뇌사를 확정하겠습니다."

11장

죽음

11

이렇게 끝낼 수는 없어요 하느님

그들에겐 아무 일도 일어나지 않았다

02-17 AM 11:28

오기태의 자택 인근 추모관에서 장례식이 치러졌다.

각자의 사정을 들어, 고인의 전 부인과 아들 오영빈은 물론, 뇌사 판정을 내린 위원회 멤버 6인 누구도 장례식에 참석하지 않았다.

12장

숙제

12

03-16 PM 01:32

호화로운 웨딩홀 하객석에는 이름만 들어도 다 아는 유력 인사들이 빼곡히 자리해 있었다. 저마다의 사심을 품위 있는 미소 속에 감춘 채, 오늘의 주인공인 신랑 차상혁과 신부 이한나를 응시했다.

"…두 분이 살아온 환경은 전혀 달랐겠으나, 각자의 여정 속에서 서로의 결을 인지하고, 마치 정교한 수술처럼 세심하게 맞물려 오늘에 이르렀습니다. 신랑 차상혁 군은 환자의 생명을 살리는 의사로서, 신부 이한나 양은 인공지능 기술을 접목해 의술의 지평을 넓히는 공학자로서, 두 분은 인류 보건의 미래를 함께 설계할 든든한 동반자가 될 것입니다. 오늘 이 자리는 단순한 혼인이 아니라, 한 쌍의 지성과 사명이 만나 하나의 '생명의 연대'를 이루는 역사적 순간입니다."

보건복지부 장관의 주례가 이어졌다. 살룬부티크 진하영 디자이너의 손끝에서 탄생한 한나의 초고가 웨딩드레스가, 샹들리에의 빛에 따라 물결치듯 반짝였다.

"이제 두 사람은 부부가 되었음을 선언합니다. 두 분의 앞날이, 생명을 살리는 의학처럼 경건하고, 미래를 여는 과학처럼 찬란하기를 기원합니다."

모든 예식이 마무리되자, 30명의 오케스트라가 연주하는 장중한 웨딩마치가 장내에 울려 퍼졌다.

상혁과 한나는 서로의 손을 다정하게 맞잡았다. "사랑해." 한나가 상혁의 귓가에 대고 울먹이듯 속삭였다.

"영원히 행복하자, 우리." 상혁이 한나를 바라보며 애정 담긴 미소로 화답했다.

두 사람은 생동하는 봄 생화가 폭포수처럼 쏟아져 내리는 버진 로드를 걸어나갔다. 내로라 하는 하객들이 무대 아래 서서 명진의 후계자가 된 상혁을 우러러보며, 아낌없는 박수와 함성을 보냈다. 상혁의 가슴이 뜨겁게 벅차올랐다.

이 자리에 오기까지, 25년이 걸렸다.

04-01 AM 11:18

식을 올린 지 보름 만에 떠나는 신혼여행 날이었다. 그 누구도 대체할 수 없는 상혁의 수술 스케줄 때문에 피치 못하게 미뤄졌던 것이다.

상혁은 자신의 캐리어와 한나의 캐리어를 양손에 들고 신혼집 현관을 나섰다. 절기상 완연한 봄이건만, 꽃샘추위의 얄궂은 찬 기가 얇은 캐시미어 스웨터를 파고들었다. 상혁은 어깨를 오소소 떨면서 캐리어들을 바닥에 내려놨다. 집 앞에 대기하고 있던 수행 기사가 정중한 태도로 다가와 캐리어 두 개를 트렁크에 실었다.

한나가 막 외출 준비를 마치고 현관 밖으로 나왔다. 그때 상혁이 휴대폰 화면을 들여다보며 난감한 듯 숨을 내쉬었다.

"어쩌지? 잠깐 병원에 들러야 할 것 같은데."

"일정 다 조정했다면서?" 한나가 미간을 슬쩍 좁혔다.

"그제 수술한 환자가 갑자기 반맹(hemianopia) 소견을 보인대. 환자 상태만 보고 갈게. 당신은 먼저 공항으로 가서 면세점 둘러보고 있어. 금방 따라갈게."

한나는 잠시 못마땅한 표정을 지었지만, 곧 고개를 끄덕였다. "알았어. 환자 상태가 그렇다는데 어쩔 수 없지."

한나를 태운 차가 길모퉁이를 돌아 사라지자, 상혁은 서둘러 뒤돌아서 주차장으로 향했다. 얼마 전 새로 뽑은 벤틀리 세단에 오른 상혁은 시동을 걸면서 대시보드로 손을 뻗어 블랙박스를 껐다. 그리고 엑셀러레이터를 힘껏 밟아 어디론가 달려갔다.

04-01 AM 11:52

"어려운 발걸음 하셨습니다. 앉으시죠."
형사가 권유하자 이하얀이 엉거주춤 자리에 앉았다. 초조한 기색을 드러내지 않으려 했지만 손끝이 점점 차가워졌다.
대회의실이라고는 했지만, 본관에서 한참 떨어진 별관 구석이라 적막이 감돌았다. 창문은 하나같이 굳게 닫혀 있었고, 낡은 형광등이 금세 꺼질 듯 낮게 웅웅거렸다. 경찰서 특유의 서늘한 공기와 묘한 압박감이 이하얀의 얇은 피부를 타고 스며들었다.
하얀은 무릎 위에 서류봉투 크기의 클러치를 내려놓았다. 그 안에 든 것은 죽은 김미연 환자의 EEG 기록지 복사본과, 음성 녹음 파일 한 개가 저장된 USB였다. 오기태에게 상혁의 의료 과실 건을 고발하러 갔던 날, 이하얀이 몰래 녹음해 둔 파일이었다.
오기태의 뇌사 판정이 내려진 지 오래 지나지 않아 후임이 정해졌고, 하얀은 미련 없이 병원을 떠났다. 그 뒤로는 바깥출입을 끊고 집 안에만 틀어박혀 지냈다. 죄책감과 두려움, 그리고 의료인으로서의 소명이 그녀의 왜소한 몸을 무겁게 짓눌렀다.

결국 어젯밤, 오기태의 뺑소니 사고 담당 형사에게 전화를 걸고 말았다. 일전에 사고 경위를 청취하러 병원에 온 형사에게서 번호를 받아 둔 것이다.

"제 증언이 얼마나 법적으로 효력이 있을까요?" 이하얀이 차분하게 물었다.

"글쎄. 그거야 상대 변호사가 누군지에 따라 달라지지 않을까 싶은데요?" 형사가 무미건조한 투로 답했다.

오랫동안 환자들과 부대껴 오면서, 하얀은 대충 눈빛만 보고도 그 속내를 대충 알아차릴 수 있었다.

여기 있는 형사는 지금 부정한 마음을 품고 있다.

"저, 진술 들어가기 전에 물 한 잔만 주시겠어요?"

형사는 흔쾌히 고개를 끄덕이곤, 자리에서 일어나 밖으로 나갔다. 2분쯤 지났을까, 똑똑하는 노크 소리와 함께 낯익은 얼굴의 남자가 문을 열고 들어섰다.

역시나, 차상혁이었다.

"한, 한 달 됐나? 잘 쉬고 있어요?" 상혁이 태연하게 맞은편에 앉으며 말했다.

"차 교수님, 완벽하게 법 위를 뛰어노는 존재가 되신 건가요?"

"에이, 그런 게 어딨어요? 그냥 사람 마음 하나만 얻으면 되는 일이에요."

상혁이 문을 향해 휙 고갯짓을 했다. 문 앞에 대기하고 있던 형사가 곧장 방문을 닫았다. 하얀은 책상 아래로 두 주먹을 꽉 쥐었다. **진실로 향하는 마지막 문도 닫히고 말았다.**

"이유나 들어 보려구요. 대체 이 선생이 나한테 왜 이러는지."

"당신은 죄의식이 없어요. 당신 같은 사람이 병원에, 아니 이 세상에 너무 많아요. 그래서 역겨워요. 지겹고."

"그래서 사직서를 냈잖아요? 떠나려고. 근데 왜 갑자기 3년이 지난 일을 들춰서, 이 난리를 일으킨 거예요?"

"사명감 때문에."

"사명? 사명?"

"당신 같은 쓰레기를 두고 떠나려니, 도저히 발길이 떨어지지 않아서… 동료들과 환자들이 너무 불쌍해서… 그래서 부원장님한테 고발했어요. 명진의료원이 차상혁 손아귀에 들어가면 절대 안 된다고, 부디 그것만은 막아주십사 하고."

상혁이 예상한 바대로였다. 생전 오기태는 '의료 과실 증거 자료는 내가 처음 발견했고, 아직 아무도 보지 않았다'고 했지만, 상혁은 애초에 그 말을 믿지 않았다. 평소 상혁이 알던 오기태라면, 틀림없이 내부 고발자를 자신의 등 뒤에 숨기고서 모든 위험과 책임을 혼자서 감수하려 했을 테니까. 상혁의 기민한 촉은 뺑소니 사고 당일에 가닿았다. 낮에 부원장실에서 만난 오기태와, 저녁에 횟집 미락에서 만난 오기태의 태도가 눈에 띄게 달랐다는 점에 주목했다.

이후 상혁은 박병도를 시켜서 사건 당일 낮부터 저녁까지, 약 5시간 동안 오기태와 접촉했던 모든 인원의 알리바이를 낱낱이 추적했다. 사건은 오기태의 뇌사 판정으로 끝난 게 아니었다. 참으로 오랫동안 열에 들뜨고 가슴 졸인 시간이었다.

그렇게 가닿은 종착점엔 바로 이하얀이 있었다.

"안 비서일지도 모른다고 생각했죠. 근데 인제 와 생각해 보면 그 여자는 허영이 많아서 이런 일엔 관심이 없을 것 같아." 차상혁이 팔짱을 끼면서 말을 이어 갔다. "그렇다고 해도 이하얀 선생일 줄은 몰랐어요. 당신이 그리 떳떳한 입장은 아니니까."

"내가 왜 안 떳떳한 입장이죠?" 이하얀의 미간이 좁게 구겨졌다.

"태움 주동해서 후배 죽일 뻔한 사람이, 떳떳할 리 없잖아?" 상혁의 조소 섞인 말에, 하얀의 눈가가 파르르 떨렸다.

"…그건, 내 잘못만이 아니에요. 나도 그때 어쩔 수가 없었다구요!"

상혁이 고개를 끄덕거렸다. "그쵸. 다들 그렇게 말하죠. '나도 어쩔 수가 없었다'고. 나 역시 마찬가지였고."

"너 같은 쓰레기랑 나를 한데 묶지 마!"

"당연히 한데 묶일 수 없죠. 난 앞으로도 수백, 아니 수천 명의 생명을 살려내겠죠. 하지만 이 선생은? 스스로 사명이라 부르는 그 행위의 결과가 뭐였죠? 한 인간의 억울한 개죽음뿐 아니었나요? 그런 우리가, 어떻게 같은 배를 탈 수 있겠어요?"

이하얀의 낯빛이 삽시간에 푸르스름해졌다. 온몸의 피가 심장으로 몰려 터질 듯 부풀어 올랐다. 원통하고 분했지만 어쩔 도리가 없었다.

이제 패배를 인정해야 할 시간이었다. 먼저 이곳을 떠난 오기태처럼.

"나 하나 없어진다고 세상이 변할 것 같아요? 전혀. 모두가 한통속이에요. 심지어 신도. 우리는 그냥 살아남을 건가, 아님 이렇게 살다 뒤질 건가, 그것만 선택하면 되는 거예요."

하얀은 대꾸 없이 클러치에서 앰플 한 병과 주사기 하나를 꺼냈다. 그리곤 익숙한 손놀림으로 주사액을 빠르게 주입했다. 상혁이 그 행동의 의미를 미처 추측하기도 전에, 뾰족한 주삿바늘이 이하얀의 쇄골 바로 아래에 깊게 내리꽂혔다. 이윽고 무색무취의 액체가 그녀의 얇은 혈관을 타고 빠르게 퍼져 나갔다.

"이 선생 지금 뭐 하는 짓이야? 당신 미쳤어?" 놀란 상혁이 벌떡 일어섰다.

"내 목숨만큼은… 절대 당신 손에 놓이지 않아. 내가 선택해."

"최 형사님! 최 형사님 거기 있죠? 얼른 들어와 봐요, 얼른!" 상혁이 다급하게 하얀 곁으로 이동하며 형사를 불렀다.

"컥!" 이하얀의 목에서 날카로운 쇳소리가 터져 나왔다. 폐가 급격히 조여오고, 호흡이 길게 이어지지 않았다. 몸속 감각이 서서히 잠기기 시작했다. 무릎이 풀려 바닥에 풀썩 주저앉은 하얀의 입가에 흰 거품이 보글보글 새어 나왔다.

"이 선생? 이봐, 이 선생! 정신 차려!"

"내가… 마지막 가는 길에… 숙제 하나 내줄게."

하얀에게 응급 처치를 하던 상혁의 손이 덜컥 멈췄다. 형용할 수 없는 섬뜩함이 상혁의 목덜미를 스쳤다.

"그 증거 자료… 김미연 환자 EEG 기록지 말야…." 하얀이 숨을 거칠게 몰아쉬며 속삭였다. "…나 말고 본 사람이, 한 명 더 있거든? 그게 누군지… 궁금하지?"

"뭐?" 상혁의 동공이 희번덕 뒤집히며 이하얀의 멱살을 강하게 틀어쥐었다. "누구? 누가 또 알고 있어? 말을 해! 그 사람이 누구야? 어?"

"누굴까? 맞춰…봐."

순간 하얀의 고개가 툭 꺾이며 완전히 숨이 끊어졌다. 초점을 잃은 그녀의 눈동자가 멍하니 천장을 바라봤.

이내 형사가 뛰어들어와 아연실색하고는, 황급히 밖으로 뛰어나갔다. 상혁의 까마득한 시선이 하얀을 따라 천장으로 향했다.

"누가… 더 있다고?" 상혁이 나직이 중얼거렸다.

04-01 PM 12:17

명진의료원 1층 로비. 대기 공간에 설치된 대형 TV에서 결연한 표정의 남자 앵커가 뉴스를 전했다.

"한 달 반 전 발생한 명진의료원 부원장 오 씨의 뺑소니 사고 진범이, 오늘 새벽 검거됐습니다."

경찰은 피의자가 20대 후반 남성으로, 우발적 접촉 사고 후 증거를 인멸하고 은신하다가 부산항 여객터미널에서 붙잡혔다고 밝혔다.

같은 시각, 명진의료원 강남 본원의 맨 꼭대기 층인 23층에도 같은 뉴스가 흘러나오고 있었다.

아로마 향이 은은하게 퍼지는 가운데, 매끈한 대리석 바닥과 최상급 물소 가죽소파, 보랏빛의 실크 패브릭들이 절제된 호사를 드러냈다. 먼지 하나 없이 깨끗하게 닦인 유리창 너머엔 서울의 전경이 한 편의 미디어아트처럼 펼쳐졌다. 오로지 선택받은 자만이 출입할 수 있는 VVIP의 공간. 차상혁이 그토록 열망하던 노맨스 랜드, 바로 이사장실이었다.

"가까스로 떠나는 신혼여행인데 혼자 면세점 쇼핑이나 하고 있다니까. 나 결혼 괜히 한 걸까, 아빠?"

휴대폰을 왼쪽 어깨에 낀 채 퍼팅 연습을 하던 이준모가 호탕하게 웃었다. "지금이라도 물리든가? 늦지 않았어, 딸."

한나가 꺄르르 웃더니 언제나처럼 쾌활한 투로 받아쳤다. "아빠, 내가 언제 뒤돌아보는 거 봤어? 난 무조건 직진이야."

눈을 활처럼 가늘게 휘며 웃던 이준모의 시선이 TV 화면으로 옮겨갔다. "그래, 우리 딸은 앞만 보고 가. 뒤는 아빠가 알아서 다 봐줄 테니까."

TV 화면 속 뺑소니범은 고개를 푹 숙인 채, 비척비척 한가로이 경찰로 연행되고 있었다. 그에게선 따분함 외의 감정을 느낄 수 없었다.

뇌사판정위원회

2025년 9월 10일 1판 1쇄 발행
2025년 10월 02일 1판 2쇄 발행

지은이 방지언 방유정
편집 김근아
교정교열 태기수
표지디자인 이혜은
제작처 디앤와이(D&Y)

펴낸곳 선비와맑음
등록 2025년 7월 22일 제 2025-000122호
주소 경기도 파주시 목동동 101
이메일 clear-seonbi@naver.com
홈페이지 clear-seonbi.co.kr
카카오채널 @선비와맑음

ISBN 979-11-993937-0-7 (03810)

*이 책의 판권은 지은이와 선비와맑음에 있습니다.
 이 책 내용의 전부 또는 일부를 재사용하려면 반드시 양측의 서면 동의를 받아야 합니다.
*잘못 만들어진 책은 판매처에서 교환해 드립니다.